ご主人様の指先はいつも甘い蜜で濡れている

Nanoka & Ryo

ととりとわ

Towa Totori

EB

エタニティ文庫

目次

ご主人様の指先は
いつも甘い蜜で濡れている

1　恋がはじまる十秒前

わずか四帖（じょう）ほどの狭い空間だった。

落ち着いたデザインの照明器具と、磨き上げられた紫檀（したん）の机。大きく立派な書棚には、難しそうなタイトルの本がびっしりと詰まっている。

総合して考えるに、ここはおそらく書斎（しょさい）だろう。

そして――

私は今、ついさっき会ったばかりの男に壁際に追い詰められている。

なぜだ。

私はただ、家事代行スタッフとして仕事の打ち合わせをするために、依頼人のもとを訪れただけなのに。

「で、佐木菜（さきな）のかさん。俺の依頼を受ける気になった？」

響きのいい低音が、耳元で私の名を呼んだ。

優に頭ひとつ分は超える背丈。

スーツの上からでもわかるほど逞しい肉体。

その大柄な身体が、私に覆い被さるように立ちはだかっている。

はだけたシャツの胸元からは、セクシーな香りが立ちのぼっていて——

……ああ、だめだ。くらくらする。それに、腰のあたりのぞくぞくが止まらないのはなぜだろう。

浅い呼吸を繰り返しながら、私は強引に迫るクライアントから顔を背けた。

「あ、あの、ちょっと待ってください。いきなりそんなこと言われましても、私」

「できれば無理強いはしたくないんだ。報酬だって弾む。君が会社からもらう賃金の他に、特別手当を渡そう。期間はたった三か月。ほら、悪い話じゃないだろう?」

「いえ、あのっ、ですから……！　お客様からの個人的なご依頼をお受けする権限は、私にはないのです。メニュー以外のご要望につきましては、社長に相談しませんと——」

「社長……?　あー、中惣さんに話すといろいろと面倒だろう。何も言わない方が賢明だと思うな」

……は?

終始穏やかな口調ながらも、男の言い分はどこか勝手だ。強引を通り越して、怪しいにおいまでする。

目の前にいる男の要望とは、通常『通い』でしか行っていない業務を『住み込み』でやってほしいというものだった。それならば、初めから住み込みの仕事を受けている業者に頼めばいいはず。それを今日初めて会ったスタッフに依頼し、あろうことか、密室に閉じ込めて壁ドンまでするなんて——

本来であれば、逃げ出してもいいシチュエーションだろう。しかし男は、社長の中物さんと知り合いという話。懇意にしている仲らしいので、無下に扱うこともできない。

もしかして、家事代行を利用するのは初めてなのだろうか。だからこんな態度を……？　そういうことなら、私が勘違いの甚だしさを教えてやらなければ。

「星見さん」

背筋を伸ばして、少し強めの口調で男を呼ぶ。すると、眼鏡の奥の怜悧な目元が、人懐こそうにカーブを描いた。

「なに？　菜のかちゃん」

……なっ！　し、下の名前にちゃんづけとか!!

ズキュン、と心臓を撃ち抜かれた気がした。

畳みかけるように、真っ直ぐに見詰めてくる見目麗しい男。ときめきを自制する間もなく、カアアア、と頬に血が集まっていく。

「あああの、あのですね」

「ん？」

真っ赤になったであろう顔を間近で見られて、ますます頭の中が真っ白になった。それでもなお、男は視線を外さない。

男の目は、どこか異国の血がまじっているような淡い色合いをしていた。まるでアンティークのガラス細工みたいで、あまり覗き込むと吸い込まれそうになってしまう。それに加えて、切れ長でくっきりとしたきれいな二重が、意外にもかわいらしい。

視線をずらせば、男らしく、しっかりした顎。

スッと通った鼻筋。

よく見れば、まつ毛だって……こんなに、長くて……

はっ。

いやいやいや、ちょっと待った。これじゃあ完全に男の術中じゃない！

きっとこれは罠だ。目を合わせただけで妊娠させるタイプの男に違いない……！

「あの、星見さんっ。今日のところは一度社に戻って検討をですね——」

ところが、言い終わらないうちに男は、ずい、と更に距離を詰めてきた。息がかかるほど近くに顔があって、もうドッキドキである。

男は妖艶な目つきで私の髪を撫でながら、衝撃的なひと言を放った。

「報酬のことだけど……月に一〇〇万でどうかな」

「ひゃっ、ひゃっ、ひゃくまんえんーーーー!?」

「ああ、一〇〇万。他に欲しいものや買いたいものがあったら言うといい。とりあえず、今月の分は前金で渡しておく。残りの二〇〇万は、君がしっかり三か月間いてくれたら支払おう」

スーツの内ポケットに男の手が潜り、次に出てきたときには銀行の封筒を掴んでいた。男が私の腕を取り、手のひらを上に向けさせる。ずしり、と分厚いそれが載せられた。

「社長には内緒だよ」

囁かれた瞬間、脳みそがスポーンとどこかへ飛んでいってしまった。

封筒の中身はおそらく諭吉様の束だろう。もしかして帯封だってついたままかもしれない。

――このお金があれば夢に一歩近づける。

そう思ってしまったのが間違いだった。

「身ひとつで来てくれて構わないが、君にも準備があるだろう。俺はこれから商談があって出かけなくちゃならないから、詳しいことはまた明日の朝話すということで。ここに一日の大まかなスケジュールを書いたから読んでおいて」

星見さんが、さっきとは別の事務用封筒を取り出して、むぎゅ、と私の胸に押しつける。それを心ここにあらずの状態で受け取った。

「じゃ、明日ね」

「は……はい」

腰に触れる手のあたたかさを感じながら、私は星見邸をあとにしたのだった。

瀟洒な住宅が建ち並ぶ駅までの道のりを、どう歩いたのかもわからない。

今日はじめて訪問したお宅。依頼人は若くて素敵な外見をした星見さんだった。

その星見さんとの約束は、三か月。

たった三か月住み込みで働いただけで、毎月のお給料の他に三〇〇万円も手に入るなんて、夢を見ているんじゃないかと思う。

駅にたどり着いた私は、きょろきょろと辺りを警戒しながらトイレに駆け込んだ。個室に入り、銀行の封筒の中身を確認する。

やはり帯封がついている。ということは、これが一〇〇万円なのか……

実際に目にした途端、そんな大金を持ち歩いていることが怖くなった。

あとをつけられていたらどうしよう。トイレに盗撮用のカメラが仕掛けられていたらどうしよう、と個室内をキョロキョロする。

……そうだ、一度駅前ロータリーに引き返して銀行に預けてくれればいい。

落とさないよう慎重に、お金をバッグに戻す。と、そのとき、何かが手に触れて、最後に渡された封筒の存在をようやく思い出した。

なんの変哲もないクラフト紙の封筒。外側には何も書いておらず、中には便箋が一枚だけ入っている。

取り出して広げてみると、男らしい達筆で、星見さんが言っていた『スケジュール』が恐ろしいほどざっくりと書いてあった。しかし、注目すべきはそこじゃない。白い便箋の一番下にさりげなく書かれた言葉。その二行を見たとき、私は思わず息をのんだ。

——近所には既婚者ということにしているので、表向き君は私の妻です。明日は裏口の門から入ってください。インターホンを押す必要はありません。玄関ドアの鍵は開けておきます。よろしく——

「……は!?」

……妻！　妻、ですと!?

『君は私の妻』——何度もその部分だけを読んでは、トイレの個室内でうろたえる。

まさか、腰にくるあの低音で「菜のか」なんて、名前を呼び捨てにされるのだろうか。近所の人と会話するときには「うちの主人が」とか言わなくちゃならないのだろうか。

気がつけば、手にした便箋を皺ができるほど握りしめていた。脚はぶるぶると震え、額と脇に変な汗までかいて。

本当は知り合いでもなんでもない、ただの依頼人と使用人の関係だ。それなのに、まるで恋が始まってしまったかのような高揚感、胸のときめきを覚えるのはなぜだろう。

そして、星見さんの端整な顔立ちと、スーツに隠された逞しい肉体を思い浮かべれば――

……はっ。違う違う！

これにはきっと、何か理由があるはずだ。赤の他人である私を『妻』に仕立て上げなければならないような、のっぴきならない理由が。

二十六歳というこの歳まで、男性と口づけはおろか、付き合ったこともなかった私には、『妻』という単語自体が衝撃的だった。ましてや、それが自分に向けられるなんて。

浮遊魔法にでもかかっているかのようなふわふわした足取りのまま、私はとりあえず会社へと向かった。

＊

電車に揺られること二十分。勤め先である有限会社サンジェクスに戻ったときには、私は疲れ切っていた。

いくらなんでも取り乱しすぎた。

星見さんの手紙にあった『妻』という言葉に動揺した私は、銀行に一〇〇万円を預けるのをすっかり忘れてしまった。そのせいでバッグに大金が入ったまま移動することになり、自ら緊張を煽ってしまう始末。サンジェクスの最寄り駅にある銀行で無事預けることはできたものの、会社に着く頃には、そんな大金を安易に受け取ってしまったことへの後悔も始まっていて……

ああ、なんであんなにものぼせてしまったんだろう。降ってわいた一〇〇万円のせい？　それとも、星見さんがイケメンすぎたからだろうか。

——まあ菜のかさんよ、とりあえず少し落ち着こうじゃないか。

そう思い、私は事務所に着いてすぐに、コーヒーを入れた。だけどそれは手つかずの状態で、もう冷めきっている。何しろパソコンに向かって顧客名簿の画面を開いたまま、かなりの時間が経過しているからだ。

問題の壁ドン男は、星見了といった。

顧客名簿の内容によると、年齢は三十二歳で独身。勤務先は『星見開発』。そこの代表のようだ。備考欄には、星見開発の関連会社を複数経営とある。

さっき訪問したあのお屋敷は東京近郊で仕事をする際の拠点で、その他にも全国各地に別宅を持っているようだ。

なるほど。この歳で会社経営とは、どうやら彼はやり手らしい。

サンジェクスに限らず、家事代行業者の客といえば、大抵が中高年のおじさまかマダムである。だから、若くてイケメンなこのクライアントを初めて見たときの印象は、

『ラッキー！』だった。

でも――

なんだかおかしなことになってしまった。明日からの仕事に先立っての打ち合わせ……のつもりが、気づけば一〇〇万円を受け取っていたなんて――

どう考えても、一会社員の私が、お客さんと個人的に契約を交わしていいはずがない。

しかも、たった三か月働いただけで一年分の収入が手に入るなんて、どう考えたってアヤシイ話だ。イケメン効果に当てられたのか、それとも壁ドンされて意識が朦朧としていたのか。

……ああ、どうしてこんなことになっちゃったんだろう。

「――さん。……菜のかさん、ってば！」

「ふあぁっ！」

肩を思い切り揺さぶられて、やっと気がついた。パソコンから顔を上げてみれば、後輩の美奈ちゃんがじーっと覗き込んでいる。

「みっ、美奈ちゃん。何か用？」

「もう、さっきから話しかけてるのに、全っ然聞いてないんだからぁ」

「ごっ、ごめん。ちょっと考えごとしちゃって」

頭をかく私の隣に、美奈ちゃんはいそいそと腰かけた。

一年後輩にあたる澤田美奈ちゃんは、私と同じくこの小さな会社で働く、数少ない正社員だ。ふたりとも、家事代行スタッフをメインとしつつも、訪問の仕事がないときは、状況に応じて事務の仕事を手伝ったりしている。

そのため、研修が終わればほとんど出社することのない登録制のスタッフに比べて、私たちは顔を合わせる機会が多い。それに歳が近いこともあって、大の仲良しだ。

美奈ちゃんは、少しチークを塗りすぎた頬を持ち上げて、にやにやと笑った。

「ね、ね、どうでした？　新しいクライアント」

……う。早速来たか。

「あー……ええと、若い方だったよ。お屋敷は北駅から歩いて五分くらいの高級住宅街にあって、車五台分くらい横幅のある立派な門で――」

「ストーーーーップ!!」

突然の美奈ちゃんの大声に、ビクッとした。アイラインで目力増し増しになった目で、美奈ちゃんが私をギラギラと睨みつけてくる。

「そういうことじゃなくて。イケメンだったかどうか、ですよ！」

「あっ、そ、そういうこと？　えーと、あの……イケメン、だと思う」

そう言うと、美奈ちゃんはキャーと叫んで私の肩をバンバン叩いた。

「やだぁー、もう！　帰って来てからずうっとぽけーっとしてるから、アヤシイと思ってたんですよぉ。……あ。まさか、もう恋しちゃったとか？」

「ち、違っ……何言ってんの！」

「だって、社長でしょ？　会社いくつも持ってるって、中物さんに聞きましたよ。それでイケメンだなんて、もう狙うしかないじゃないですか、玉の輿ぃ！」

パチパチパチ、と拍手までして、自分のことでもないのに大はしゃぎする美奈ちゃん。

まったく、よくぞそこまで飛躍した考えができるものだと唖然とする。それに、さっきから社長の中物さんがそこにいるんだけど。

だけど、今の私にはそんな軽口に乗る心の余裕はなかった。

何しろ、今も銀行の口座に隠してある一〇〇万円の存在が、苦しくて、苦しくて。

胸にこびりついた黒いもやもやが晴れないのだ。

やっぱり、あのお金は明日の朝一番で返しに行こう。それで、お金の件はすっきりするはず。

問題は星見さん自身だ。あの強引な様子だと、簡単には引き下がってくれないだろうな……

と、そこへ、中物さんからお呼びがかかった。まだ何か話したそうな美奈ちゃんを横目に、中物さんのデスクへ向かう。

「はい、なんでしょう」

「今日行った星見さんのところ、どうだったかな、と思って。彼、イケメンだったろう?」

うっ。社長ともあろう人が、美奈ちゃんと同じこと聞きますか。

「ま、まあ、イケメンかどうかはさておき、優しそうな方でした。……あの、星見さんの顧客名簿を更新したいので、詳細のデータをいただけますか?」

中惣さんは、あー、と言って白髪まじりの後頭部で手を組み、「ない!」と言い切った。

……またこれだ。

本当に中惣さんのいい加減さには呆れる。

「あのですね。今日は本当は山中のおじいちゃんのところに行く予定だったんですよ。それなのに、今朝いきなり新規のお客様のところに行ってくれって電話で言われて、住所だけ知らされて。なんのデータもなく訪問させるって、酷くないですか?」

「まあまあ、いいじゃないの。山中さんのところには別のスタッフ行かせたし。菜っちゃんだって枯れきったおじいちゃんより、若いイケメンの方がいいだろう?」

「ちょっ……!　なんてこと言うんですか」

「ま、山中さんを訪問予定ってことは、俺も知ってたんだけどね。でも、君に来てほしいって、星見さんたっての希望だったから」

「えっ」

そう言ったきり、言葉が続かなくなってしまった。

まさかのご指名……？

初対面だとばかり思っていたけれど。

「あの……どこかでお会いしましたっけ」

「先月、新和第一銀行のパーティーに君を連れていっただろう？　そのときに星見さんも来ていてね。少し話す機会があったんだけど、どうやら君に興味を持ったらしくて」

君に興味を持った、のくだりで、ドクンと心臓が跳ねた。頬がぐんぐん熱くなっていくのを止められない。

新和第一銀行のパーティーに同行した覚えは、確かにある。普段はその手の催しにひとりで行っている中惣さんが、その日はなんの気まぐれか『秘書』を連れていきたいと言い出した。

秘書なんてご大層なものは、この小さな会社には当然いない。それで、ちょうど事務所にいた私に白羽の矢が立ったのだ。

そのパーティーに同席していたと言われても、あんな立派な体格のイケメン、一度会ったらそうそう忘れるとは思えない。

とはいえ、紹介されたわけじゃないし、その日は確か目の調子が悪くてコンタクトレンズが入れられなかったのだ。たぶん、ちゃんと見えていなかったのだろう。『君に興味を持った』という中惣さんの言葉が本当なら、初対面だとばかり思っていた彼が、強引に迫ってきたのもわからなくはない。けれど……

見初められたとは、とても思えなかった。

身も心も平凡を絵に描いたような私は、イケメンセレブに受けるタイプではない。それに、あの妙に女慣れした雰囲気が、私を不安にさせるのだ。

戸惑ったまま無言でいると、中惣さんがデスクの引き出しから名刺を一枚出してきた。それを受け取り、きれいに印刷された上質な紙に目を這わせる。

「星見開発のメイン事業は不動産業らしいよ。だけど、俺にわかるのは名前と住所と、その名刺に書かれた情報、あとはインターネットで調べられるプロフィールくらいだなあ」

「えっ？　知り合いじゃないんですか？」

「うーん、知り合いっていうか……新和第一銀行のパーティーで、少し話したって感じかな」

しれっとしたその言い方に、じわじわと怒りが込み上げてきた。中惣さんが懇意にしている人だと思ったから、あんな強引な態度にも耐えたのに。

「パーティーで少し話を……。本当にそれだけですか？」

「ああ、それだけ。で、今朝いきなり電話で君を寄越してくれ、って言われてさあ」

中惣さんはへらへらと笑った。

「……いくらです？」

「は？」

「いくら借りたんです？　星見さんに」

サンジェクスの経営が非常に苦しいことは、私もよく知っている。

この小さな会社で働く正社員は、営業兼社長である中惣さんの他に、私と美奈ちゃんのふたりだけだ。そんな私たちのお給料が遅れるのは、いつものこと。ついこのあいだも不渡りを出しそうになって、首の皮一枚で繋（つな）がったということも当然知っている。

個人宅へ訪問し、直接お客様とやりとりするこの業界は、トラブルも多い。それだけに、社長の中惣さんが大した打ち合わせもないままにスタッフを送り込むなんて、ありえないと思っていた。

……絶対に何か裏があるはず。それが経営資金の援助であると、私はみた。

にじり寄ると、彼は弱々しく肩を竦（すく）めた。

「ほんのちょっとだよ。銀行には融資断られちゃったし、破格の低金利で貸してくれるっていうからさあ。……って。菜っちゃん、何か言いたそうだね」

……許さない。

要するに、私は借金のカタに身売りされたということか。そんな事情があったら、ますますこの話を断りづらくなってしまう。

無言でただ睨みつければ、中惣さんは落ち着きなくポケットから煙草を出して、口に咥える。

だけど私は、火をつけようとする中惣さんの口から、容赦なく煙草を引っこ抜いた。

「社内は禁煙です」

「……す、すんません」

中惣さんは、煙草とライターを持ってすごすごとドアの外へと退散していく。その後ろ姿に向かって、ありとあらゆる罵詈雑言を吐き散らした。もちろん、心の中で。

＊

「鷹山。さっきの子、どう思う？」

シャツのボタンを首元まで留め、ネクタイをきっちり締め直しながら星見は尋ねた。

鏡に映る顔はいたずらっぽい表情を浮かべていて、まるで子供のようだと我ながら思う。

振り向けば、自分より少し歳上の秘書、鷹山が眉間に皺を寄せていた。ただでさえ三白眼の強面の男だ。それが苦虫を噛み潰したような顔をしているのだから、恐ろしいにも程がある。

忠実な秘書は、「絶対に出てくるなよ」という主人の言いつけを、最後まで守って隠れていた。星見が初対面の菜のかを書斎に連れ込もうが、彼女の帰り際、腰に手を触れようが。

「相変わらず悪い趣味ですね」

「……彼女が？　かわいいだろう？」

「違いますよ。あなたのやり口が下衆いと言っているんです」

秘書の忌憚ない口ぶりに、星見は含み笑いをした。

「お前こそ、相変わらず酷い言い方だ」

「今に地獄に落ちますよ。それか、刺されるか」

「おいおい、勘違いするなよ。俺が彼女に興味を持っているのは本当だ。その証拠に、胸の鼓動がまだこんなに速い」

星見は芝居がかった仕草で、自分の胸に手を押し当てた。しかし、鷹山の目つきは冷ややかだ。

「興味を持つ相手は、あなたの身分に見合った女性だけでいいでしょう。そろそろ遊びはやめにして、身を固めたらどうです？」

「三十二で？　まだ早いだろう」

「全然早くありません。いつまでも独身でいると取引相手にも舐められます」

ふ、と思わず星見は笑った。

「俺だっていい相手がいれば、といつでも思ってるよ。ただモテないだけで」

「ご冗談を。だからといって、あの世間知らずそうな家政婦に手を出すこともないでしょう」

「まだ何もしてないって。お前と話していると、自分が本当に酷い人間に思えてくる」

言い返して、星見は菜のかの姿を思い浮かべた。

ストレートの黒髪にナチュラルなメイク、ネイルもしていなかったし、服装も身につけるものもすべてが安物でパッとしない。

確かに世間知らずそのものといった感じだが、顔立ちは悪くなかった。

それに、白いシャツに盛り上がったふたつの膨らみ。メリハリのある腰つきと、やや短めのタイトスカートから伸びる脚が妙にそそる。

先月行った銀行のパーティーで見かけたときも、そこが気になったのだ。磨けば光りそう――そう思ったからこそ、仕事上特に絡みのなさそうな家事代行業者の社長に声をかけた。

経営者である中物社長の話によると、彼女は今二十六歳で、高校を卒業後に上京して以来ずっと彼の下で働いているのだとか。ひとり暮らしをしているというので、住み込みで働かせるには都合がいいと思ったのだ。

彼女の欲しがるものはすべて与えてみたい。普通の若い女性では、到底手が届かないような服を着せて、更に目が飛び出るような報酬も与えよう。これだけ待遇がよければ、住み込みで働くことを断る理由もないはず――

星見は腕時計をチラリと見て、玄関に向かって歩き出した。その後ろを、鷹山が一定の距離を空けてついてくる。

「で、頼んでいたものは今日届くのか？」

「いえ。業者の都合で明日になりました。ベッドが大きいので組み立てるのに時間がかかるようです」

「そうか。ご苦労。……そんな顔するなよ。お前も彼女と時折は顔を合わせるだろう。仲良くしてやってくれ」

「はい。かしこまりました」

と、真顔で睨みつける秘書に笑顔を返して、星見は大事な商談のときに用いる赤いチーフを胸に挿した。

2　いきなり始まった溺愛生活

今日、ここへ来るのが本当に憂鬱だった。

鞄の中で眠ったままの一〇〇万円と、それを返すときの星見さんへの謝罪。

ふたつのことが私を苛んで、結局夜もほとんど眠れずじまいだった。

布団の中でじっくりと考えて、いくら中惣さんがお金を貸してもらったとはいえ、やっぱりこの仕事は引き受けるべきじゃないという結論に達した。会社を通さずに報酬をもらって、奥さんの役を演じるだなんて……

涼やかな秋風の吹く中、星見邸はひっそりと静まり返っていた。

こっちが表側でもいいんじゃないかと思うほど大きな裏口の門は、重厚なブロンズ製だ。言いつけ通り、インターホンは鳴らさずに、鍵のかかっていない門扉を開けて中に入る。

敷石は高級感漂う天然石。無駄に長いアプローチが、緊張を煽る。暴れ回る左胸に、私は手を当てた。

——意志を強く持っていくのよ、菜のか。

言い聞かせながら、これまた裏口とは思えないほど立派な扉を開けた。

が、しかし。

「わぶっ」

突然視界が遮（さえぎ）られた。と同時に、嗅ぎ覚えのある匂いに包まれる。

「よかった。来てくれないんじゃないかと思った」

ほとんど塞（ふさ）がれた耳にくぐもって聞こえるのは、星見さんの声だ。息が苦しい。そして、このあたたかな感触は――

「ひゃっ！　ほっ、星、ぐふっ……！」

一瞬でパニックに襲われた。頬に当たる体温。背中に回された力強い手。私は今、彼の熱い抱擁（ほうよう）を受けているらしい。

……この私が男の人の腕の中に？　あり得ない。この歳になるまで、男の人と手を繋（つな）いだことすらないのに！

恥ずかしくて、全身が燃えるように熱くなる。

星見さんの大きな腕は、隙間を一ミリたりとも許さないとでもいうように、私の身体をすっぽりと包み込んでいる。逃れようともがくけれど、体格差がありすぎてまったく身動きが取れなかった。

そうこうするうちにお腹に当たる何かがだんだんと硬さを増していく。この歳まで男の人を知る機会のなかった私だけれど、その辺の知識がないわけじゃない。も、もしかして、これは……

「ほっ、星見さん、痛いですっ」

「星見さん？　そんな呼び方やめてくれ。君は俺の妻なのに」

でた、妻とか……！

抱きしめたままそんなことを言うので、いたたまれなくなった。そもそも私は夫婦ごっこなんて認めていない。このお金だって返すつもりで来たんだから。

「あの、そのことでお話が」

「何？」

「そ、その、表向きは妻を演じるというのは、一体どういうことでしょうか」

言いながら、顔が更に真っ赤になっていくのを感じる。妻なんて言葉、口にするのも恥ずかしくてどうにかなっちゃいそう。

「ああ、そのことか。……実は、近所に世話好きの奥さんがいるんだけど、あまりしつこく見合い話を勧めてくるんで、ひと月前に結婚したということにしたんだよ」

「えっ」

「君はこれまで俺と一緒に仙台（せんだい）で暮らしていて、今日こっちに来たことになっている。不要品の処分やなんだかんだで来るのが遅くなった、という設定で」

「設定、ですか？」

「そう、設定」

……呆れた。と同時に、ほんのりと怒りを覚える。

一〇〇万円という額は、普通のサラリーマンが何か月もかかって稼ぐ大金だ。それをこんな理由でポン、と出してしまうなんて……

とはいえ、ゆとりがある人のお金の使い方としては、わからないでもない。

忙しい彼らは時間をお金で買うものだ。だから星見さんにとっても、この一〇〇万円はご近所づきあいのわずらわしさを避けるための、必要経費ということなのだろう。

『妻』を演じるのは、簡単なことじゃない。しかも庶民の、ではなく、セレブの奥様だ。要求が高いなら、破格の賃金でも納得がいく。

「これから一緒に買い物に行こう。そのために今日は仕事を入れずに一日空けておいたんだ。午後に新しいベッドが届くから、午前中に用事をすませてしまわないと」

「はい⁉」

ベッド⁉

新しいベッドだなんて、嫌な予感しかしないんですけど……！

ぐいぐいと星見さんの胸を強く押すと、やっと少しだけ隙間ができた。それでもハグを解く気はないらしいので、目を合わせないようにして話す。

「あ、あの、私も一緒にお買い物に行くんですか？」

「そうだよ」

「かっ、家事は……お掃除とか、お洗濯とかはやらなくていいんでしょうか？」

「家事？　それはいいだろう。掃除は毎日午後に専門の人が入ってるし、洗濯は業者が取りに来る。庭は資格を持ったガーデナーが手入れしているし、それに食事はほぼ外食で――」

「あの」

「――ん？」

堪（こら）えきれずに口を挟んだ。星見さんが眼鏡の向こうの目を丸くする。

「掃除と洗濯は既に外注に出している、食事はほぼ外食、ということですか？」

「そうだよ」

「そして、私が住み込みで働いても、そのスタイルを変えるつもりはないと」

うん、と星見氏。

――理解不能。

私の脳内がその言葉で埋め尽くされた。

……なんだろう、これ。もしかしてバカにされてる？

渾身（こんしん）の力でハグを振りほどいた。

「差し出がましいようですが、お話を伺っている限りとても家事代行が必要とは思えません。奥様を演じる人が必要なら、タレント事務所かどこかに依頼してください。あの、これお返しします」

鞄から一〇〇万円が入った封筒を取り出して、星見さんの胸元に突きつけた。

三〇〇万円の夢が儚く消えゆくのは、本当に、本当に、悲しい。だけど、なんの仕事もせずに賃金を受け取るなんて、私のモラルとプライドが許さない。

では、と踵を返して、玄関のドアノブに手をかけようとした。と、すかさず星見さんに反対の手首を掴まれる。

「どこに行くつもりだ」

後ろで低い声が響く。

恐る恐る振り返ってみると、意外にも彼は悲しそうな顔をしていた。

「帰るんです。私の居場所はここにはないようですから」

「……楽をして金を稼ぐのは嫌、そういうこと？」

「もちろんです。それに私は、家事代行のスタッフですから。そういった仕事がないのであれば、ご縁がなかったということで。それでは」

再び扉の方に身体を向けると、ものすごい力で引っ張られた。

「ああ、頼むよ。行かないでくれ。君の言い分はわかったから」

「……と、おっしゃいますと？」

とりあえずドアノブに伸ばしていた手を引っ込めて、星見さんに向き直った。きちんと話し合う、そういうことならもう少しここにいてもいい。

彼は私の手を握ったまま、ちょっと呆れた顔をした。

「君が仕事を与えてほしいと言うなら、今使っている業者をすべて解約しよう。ただし、この家は広い。掃除も洗濯もだなんて、大変だよ？」

「料理もです」

きっぱり言ってやると、星見さんは天を仰いだ。

「強情だな。……よし、わかった。俺も外食には飽き飽きしていた。ちょうど普通の家庭料理を食べたいと思っていたところだ。……で、覚悟はあるの？」

「……はい！」

ニタァ、と顔が崩れてしまうのを我慢することができなかった。これで仕事も、三〇〇万円をもらう大義名分もできた。

ビバ、お仕事！　ビバ、賃金‼

私の顔を見て、星見さんもやれやれ、といった具合に相好を崩す。

「君は面白い子だな。それでこそ育て甲斐があるというものだが——」

「はい？」

「とりあえず、今日のところは買い物に付き合ってもらうよ。この辺りは都内でも有数の高級住宅街なんだ。表向き俺の妻である君に、そんな格好で外をうろつかれちゃ困る」

「……そんなに酷(ひど)いですかね」

　裏玄関には大きな姿見があったので、改めて自分の姿を確認してみる。……が、すぐに目を逸らしたくなった。なんの変哲もない白のブラウスに黒のスーツを着た私は、まるで営業マン、もしくはベテランの就活生みたいだ。

「少なくともこの地域に暮らす奥様ではないな。君は元の作りがいいから、少し手を加えるだけでぐっとよくなるはずだ。さあ、時間がもったいないから行こう」

　星見さんは玄関収納を開けて、奥のフックから車のキーを取った。そして、私に向かって手を差し出してくる。

「ほら、菜のか」

「は、はい……」

　目の前にある大きな手に自分の手を重ねながら、始まってしまった夫婦ごっこに動揺する私だった。

*

ひと通りの用事をすませて帰ってきたのは、夜の七時過ぎだった。

あたりはすっかり暗くなっていて、昼間見た街の景色とはまるで雰囲気が違うことに驚く。星見さんが運転する高級車は表通りから直接住宅街に入り、どこをどう走っているのかわからないうちに屋敷までたどり着いた。

ガレージに入れた車から降りた星見さんが、助手席側に回りドアを開けてくれる。

「はい、奥さん」

「あ、ありがとうございます」

と、差し伸べられた手に自分の手を重ね、車から降りた。彼自身も疲れているだろうに、にこっ、と微笑みかけてくるものだから、却って申し訳なくなる。

『女性は自分でドアを開けて車を降りてはいけない』と言うので、今日はずっとこんな具合に従っていたけれど――

「疲れた？」

「いいえ。全然」

……はあ。

正直言って疲れる。

自分でできることは自分でやる、これ人間の基本。なんでもかんでもエスコートが必要だなんて、慣れない私にはむしろ負担でしかない。

だから、『疲れてない』と言ったのも実は嘘。

よく知りもしない男性と一日一緒に過ごしたのだから、当然気疲れもする。

こんな調子でこの先三か月、星見さんとふたりきりでやっていかなくちゃならないなんて……ちょっと不安だなあ。

十月に入って、だいぶ夜風が涼やかになっていた。肌を優しく撫でる夜気（やき）にぼうっとしていると、星見さんが後部座席をごそごそとやり出した。

「ああっ、私が持ちます！」

山と積まれたショップの袋に慌てて手を伸ばす。けれど、星見さんの腕に止められた。

「こういうのは男の仕事。君は自分が転ばないことだけに気を使えばいい」

「う……確かに。わかりました」

実は私、今ものすごく足が痛いのだ。

今朝、星見さんの車に乗って最初に連れていかれたのは、都心にある彼行きつけの美容室。

とてもラグジュアリーな空間でカットをしてパーマをかけてもらい、昼食を挟んだあとは行く先々でのショッピング。その都度新しい服に着替えて、靴すらも新品に履き替えて。……で、案の定靴擦れだ。慣れないヒールの高さも相まって、つま先も踵も強烈な痛みを発している。

これはきっと、いつもと違うお高い靴だから、足が全力で拒否しているんだろう。

ガレージから玄関まで歩くあいだ、星見さんはチラチラと私の方を振り返っては立ち止まった。暗闇と足の痛みでもたついているせいだと思っていたけれど、どうやら違ったらしい。

アプローチを半分ほど進んだところで足を止め、彼は私の全身を頭のてっぺんからつま先までくまなく眺めた。とても眩しそうな眼差しで、私がどぎまぎしてしまうくらいに。

「そのヘアスタイル、すごく似合ってるよ。それに、服も」

「そ、そうですか……？」

いやちょっと、照れちゃうんですけど……

今の私の格好は、朝この家を出発したときとすべてが違っている。

背中まであった髪は肩下の長さでカットし、ふんわりとゆるいデジタルパーマをかけた。

実用オンリーだったシャツとスカートは脱ぎ捨て、代わりに着ているのはとろみのある生地の大人っぽいワンピース。たっぷりのドレープが風に揺れて、すこしこそばゆい感じの……

「あの……今日はありがとうございました。美容室に連れていっていただいたり、服までたくさん買っていた——」

むにっ、と何かに突然唇を塞がれて、言葉は奪われた。……あたたかい。そして柔らかい。この感触は、一体。

目の前に星見さんの顔がある。

えっ。

……ちょ、ちょっと待って。ここでいきなりキスですか……!?

それはほんの一瞬の出来事で、柔らかな唇は音もなくすぐに離れていった。けれど、一回は一回だ。その証拠に心臓がバカみたいに高鳴っている。

えーと、何か話さなきゃ、何か、何か——

声を出そうと試みるけれど、焦るばかりで何も言葉は出てこない。すると、目線よりだいぶ高い位置にある端整な顔が楽しそうに解けた。

「そういうのは玄関に入ってからでいい。夫に礼を言うのに畏まった態度の奥さんなんておかしいだろう?」

と、目をきらきらと瞬かせながら、クスッ、と笑ってみせる。

何この態度。この余裕。

星見さんは何事もなかったかのように、再び歩き出す。残された私はポカンと口を開けたまま、真っ赤になった頬を持て余すばかりで。

……一応断っておきますけど、これ、私にとってはファーストキスでした。そういうのって、もっと素敵なシチュエーションで、最適なタイミングで奪われるものだと思ってました。

なんか、なんか……納得できないっ！

星見邸には既に明かりがついていた。

最新式のセレブの家は時間が来ると自動点灯するのだな、と思っていたけれど、どうやらそれだけではなかったらしい。中に入ると、だだっ広い玄関ホールには見知らぬ男性がいた。

顔も身体もひょろりと細長い、三白眼(さんぱくがん)の無愛想な男だ。オールバックに黒色のスーツ。ぱっと見、星見さんよりいくらか年上かと思う。

その男性が、星見さんを見るなり頭を下げた。

「社長、おかえりなさいませ」

「ただいま。鷹山、今日は悪かったな」

「何も問題はありません」

鷹山と呼ばれた男はそう言って、チラリと私を見た。目が合ったので、慌てて頭を下げる。

「こんばんは」

「初めまして。星見の秘書で鷹山と申します」

「サンジェクスの佐木菜のかです」

と、いつもの癖で言ってしまってから、はっ、と口を押さえる。表向き星見さんの妻だという演技を忘れていた。

「大丈夫だよ。さすがに秘書には言ってある」

すかさず星見さんに告げられ、ホッとして、よろしくお願いします、とお互いに挨拶(あいさつ)した。

「ベッドは無事搬入できた？」

リビングの床に荷物を下ろしながら、星見さんが鷹山さんに尋ねている。本当は午後には帰るつもりがすっかり遅くなってしまったので、彼はベッドのことを気にかけていたのだ。

こういうとき、家事代行スタッフとしては、会話はなるべく聞かないようにしなければいけない。それに、ふたりの話がすぐに終わるとも限らないので、私はリビングから続くキッチンに入ってお湯を沸かすことにした。

初めて見るキッチンで電気ケトルを見つけ出し、水を入れてセットする。続いてお茶かコーヒーがないかとあちこち探す。

「搬入業者は午後一時半に参りまして、組み立てを終えて四時に帰りました。ご指示通り、二十帖の方の寝室に設置してあります。それから、宅配が二件。荷物は納戸に入れました」

「うん、ご苦労」

……二十帖の寝室？　でかっ！

聞かないようにと思ってはいても、耳はしっかりリビングの会話を拾っている。とりわけ、新しいベッドの話題には敏感だ。

それはまさか、私のベッドだろうか？　それが二十帖の部屋に置かれるのだとしたら、使用人に使わせる部屋にしては贅沢すぎませんかね？

「明日のスケジュールですが、朝九時に山路興産で商談がありますので、八時半にお迎えに上がります。その後の予定は、十二時にアリスト設計事務所の坂田社長と会食、午後一時半より仮称新宿星見ビルの外構工事視察、二時半より渋谷の第六星見ビルの境界確認と続いております。それから、午後のどこかで藤島エステートの桜田専務が面会をご希望でしたので、途中で連絡を入れたいと思っております」

「わかった。その辺はお前に任せる」

「差し出がましいようですが……朝食の材料がないのではと思い、買い物をして参りました」

「さすがだな、やはりお前は気が利く」

　なんですと……？

　音を立てないよう、そーっと巨大な冷蔵庫を開けてみる。すると――

　スカスカの庫内には、未開封の牛乳とベーコン、卵があった。

　更に、野菜室にはレタス、キャベツ、ピーマンが。冷蔵庫の脇の棚には食パンとクリームコーンの缶詰、玉ねぎとケチャップが置かれている。

　念のためシンクの戸棚を開けてみると、鍋やフライパンといった調理器具と、基本的な調味料の類（たぐい）があった。

　……なるほど。それを知ったうえでこの食材を買ってきたというわけか。確かにこれだけあれば、ベーコン&スクランブルエッグと、サラダにコーンスープあたりが作れるだろう。

　あらかじめメニューまで考えて買い物をしてきたに違いない。鷹山さんはなんて有能な人なんだ。私よりもはるかに手際よく家事もこなしそう。

　お湯を沸かしているあいだに、ティーポットに茶葉を入れる。と、リビングから「それでは、失礼します」という声が聞こえてきた。慌ててキッチンから飛び出せば、鷹山さんはもう玄関まで行ってしまっている。

「本日はいろいろとありがとうございました」

追いついて声をかけると、彼は使っていた靴ベラを戻しながら私を一瞥した。そして、

「いいえ」とだけ言って、スーツの乱れを整える。

……うーん。愛想がない。星見さんの秘書だというから少しでも仲良くなっておきたいけれど、正直、ちょっと苦手なタイプだ。

対応に困りそわそわしていると、向こうから話しかけてきた。

「佐木さん」

「は、はい。……なんでしょう」

「明日の朝八時半にお迎えに上がりますので、六時には社長を起こしにかかってください」

「え……随分早いですね」

「彼は非常に寝起きが悪いのです。大事な商談につき、遅刻はできませんので。では」

「わかりました。……お疲れ様です」

鷹山さんは軽く会釈して星見邸を出ていった。電子錠が締まる音がして、ほう、とため息を吐く。

鷹山さんは、結局一度も笑顔を見せなかった。まあ、秘書の仕事はスケジュール管理がメインであるからして、家政婦への愛想とか冗談とかは不要なのだろう。

それにしても……星見さん、寝起きが悪いのか。

なんでもきちっとこなして隙がなさそうに見える彼にも、意外な弱点があったらしい。

基本キリリとしているか、にこっとしているかなので、寝起きの重たい顔は想像できないけど――もしかして、朝はものすごく機嫌が悪いのだろうか。そうだったら困るなあ。

玄関で立ち尽くしていると、後ろでみしり、と床を踏む音が聞こえた。

「菜のか」

「ひゃっ――」

振り返ったところには星見さんが立っていた。どういうわけか上半身裸だ。スーツを着ても隠しきれていなかった胸板はこんもりと厚くて――

肉体系のお仕事……ではなかったですよね⁉

逞（たくま）しい身体から目線を逸らした私を、星見さんはいきなり抱きしめた。

「ああ、やっとふたりになれたな。まずは一緒にシャワーを浴びようか」

ちょっとちょっと、何言っちゃってんの、この人！

「だめです、ゼッタイだめ！」

「だめ？　どうして？」

「あ、当たり前でしょう。本当の夫婦じゃないんですから……！」

頬に当たる肌の感触があたたかくて、艶めかしくて。

恥ずかしさで気が変になりそう。

耳に直接飛び込んでくる星見さんの鼓動はとてもゆっくりで、私を抱きしめながらも平静を保っている。そのことに、ちょっと腹が立った。こっちは心臓がばっくばっくんしすぎて、今にも死んじゃいそうだっていうのに。

「あああの、ちょっと、放してください」

「放さない」

「なっ……！　どうしてこんなことするんですか⁉」

もがけばもがくほど強く抱きしめてくる。全然逃げ出せなくて、まるで罠にかかった獲物みたいだ。

星見さんは私に覆い被さるようにして耳に唇を寄せた。

「ほら、いきなり『今日からあなたは王様ですよ』と言われても、急にそれらしくはならないだろう？　だけど、毎日王様として扱われていれば、自然と王様らしい振る舞いが身についてくるものだ」

「はい⁉」

「だから外にいようが家にいようが、俺は君を妻として扱うことにした。身も心も星見了の妻になってしまえば、噂好きのご近所の奥様方を相手にしても、ボロの出ようがないだろう？」

「ええっ」

な、なんという恐ろしいことを……！

にっこりと微笑む顔を、私はまじまじと見詰めた。こんなにイケメンなのに、どうしてこの人はこんなにも話が通じないんだろう。

しかし、イケメン効果なのか、それとも今日一日で星見了という人物に慣れてしまったのか。腹が立つというよりも、強引もここまでくるとすごいな、と感服してしまうから不思議だ。

とはいえ、ここは受け入れるわけにはいかない。ずるずると浴室に向かって引きずられる脚を、なんとか踏ん張った。

「ひゃ、百歩譲って、ここはわかりましたと言っておきます。でも、だからといって一緒にシャワーとか、ホント無理ですので」

「本当に？」

「本当に、です」

こくこく、と頷く。

「残念だな。じゃ、先にシャワーを浴びてくるよ。菜のかは俺のあとに入ればいい。あ、納戸に置いてある宅配便の荷物は君のネグリジェと下着だから、好きなのを選ぶといい」

「……下着？　私のために用意してくださったんですか？」

「そうだよ。俺が自分で選んだ。気に入ってくれるといいんだけどな」

にこっ、と笑って、腕の中にいる私を見下ろしてくる。星見さんが自ら選んだなんて、またもや嫌な予感しかしない！

ようやく私を解放した彼がバスルームに消えたあと、階段の向かいにある、納戸とは思えない広さの部屋を開けた。入ってすぐの場所に置いてあった「佐木菜のか様」宛の段ボール箱を開封してみれば――

とても高価そうな化粧箱から出てきたのは、予想通り超セクシーな下着の山。上下はもちろんお揃いで、下はどれもショーツと呼ぶには布の面積が最小限すぎるデザインだ。

いや、ちょっと待って。中には布じゃないのもある。

レース？　紐？　……それに、チェーン⁉

こんなものを身につけさせて、一体私に何をしようというのか。

まさかまさか。

『妻』ってやっぱり、そういうことなの⁉

＊

とてつもなく豪奢(ごうしゃ)で真新しいベッドの上に、私は気をつけの体勢で横たわっていた。

だって、天蓋(てんがい)つきなんです。

高級レースのついたオーガンジーなんです。

それが天井からふぁさり、と垂れ下がり、えも言われぬラグジュアリーな雰囲気を醸(かも)し出しているのです。

キングサイズのこの真っ白なベッドには、ヘッドボードにもフレームにも、美しいロココ調のレリーフが彫られている。おそらく手彫り。以前にこういうベッドをお客様のお宅で見たときには、〈MADE　IN　ITALY〉と書いてあった。

こんなお姫様みたいなベッドを使用人のために用意しちゃう星見さんは、ちょっとどころかだいぶイカれてると思う。

で。

ベッドの脇に椅子を置いて座っている星見さんに尋ねた。

「あの……いつまでそこに？」

彼はドラマや映画に出てくる気障(きざ)な男よろしく、ホテル仕様の白いバスローブを羽織っている。これでブランデーグラスでも持っていれば完璧だ。……本当にあるんだな、こういう世界が。

彼は小首を傾げて、蠱惑的な目を私に向けた。

「いつまで、って。ここにいちゃ、だめ？」

「だめっていうか……。見られてると落ち着かなくて眠れないです」

「電気を消さないからじゃないの？」

と、ベッドに置かれた照明のリモコンに手を伸ばす。

「だめぇっ！」

焦って阻止すると、「じゃ、隣に寝てあげようか」と、今度はいそいそとベッドに上がろうとする。慌ててふかふかの羽まくらを振りかざして威嚇した。

「もう、だめに決まってるでしょう！」

「じゃ、どうしてそんな端っこにいるの？　てっきり、俺のためにスペースを空けてくれてるのかと」

「違います。危ないから星見さんから離れてるだけです」

キッと睨みつけながら言うと、彼は再び椅子に腰を下ろした。

うん、そうしてくれれば少し安心だ。いい加減眠らなくちゃ。明日は六時に星見さんを起こすという初仕事があるわけだし、と肌掛けを顔まで被って目を閉じる。

……

……

…………

表面上は静かなときが流れているかのように感じる。ところが、肌掛け布団の上から目を出して、チラ、と窺(うかが)えば、星見さんは私のことを熱い眼差しでじーっと見ている。

もう一度布団を被る。

チラ。

……まだ見てる。

それを何度か繰り返すうち、ついには私の方が折れた。

「あの」

「ん?」

「……どうしてそこにいるんですか?」

尋ねると、彼は肉感的な唇をちょっとだけ曲げてみせた。

「君が気になってここを離れられないだけだ。気にしないで」

と、思いのほか優しく微笑むので困ってしまった。

罪悪感がないわけじゃない。私は居候(いそうろう)の身でありながら、お姫様みたいなベッドを独り占めしているのだから。でも、その件と彼をベッドに招き入れることは別問題だ。

寝室は他にもあるはず。私たちは一緒に寝るべきじゃない。

彼の態度には、今日の私は本当に戸惑いっぱなしだ。

慣れないエスコートに、何度もやられたレディファースト。昼食に入った高級料理店でも、食べきれないほどの量を注文したり、料理を取りわけてくれたり。高級ブティックでは、桁を間違えてるんじゃないかと思うような服やバッグを次々に買ってくれて。

私がちょっとでも関心を持ったものはすぐにお買い上げしてしまうので、途中からは商品にうかつに手を伸ばせなくなったくらいだ。

彼は私をお姫様のように扱い、そして、とにかく甘やかした。だけど、どれだけ頭を捻(ひね)って考えても、私には星見さんにこんなにしてもらう理由がない。

となれば、どう考えても彼の目的は――

「あのー。……やっぱりこれですか？　破格の賃金の理由は」

「これって？」

「だって、いくら住み込みで働くと言っても、ひと月で一〇〇万円もいただけるなんておかしいですよね。しかも、高価な服やバッグもたくさん買ってもらって、こんなベッドまで用意してもらえるなんて。だから、やっぱり……何かそういう……サービスも含まれての一〇〇万円なのかなあ、って」

星見さんはにっこり笑って、「ベッドに座っても？」と聞いてきた。警戒しながらも、こくりと頷くと、彼は落ち着いた動作でそこに腰かける。

「この仕事をしている者にとっては、一〇〇万円って便利な金額なんだよ。土地建物売買の手付金に一〇〇万。住宅建設の契約金に一〇〇万。この客とはきちんと最後まで取引ができそうだな、と信用させられる額だ。帯封がついているから、ぱっと見て一〇〇万という金額がわかるのもいい。君にその額を提示したのは、きっと職業病だな」

「なるほど。……本当にそれだけですか？」

返事の代わりに、星見さんは爽やかに微笑んだ。それには私もついつられて、ちょっとだけ頬が持ち上がる。ラグジュアリーな男の自然な笑顔には、そういう魔力があるのだ。

「でも、なぜ君なのか、という疑問は晴れないよね。君はきっとこう思ってる。『妻を演じるだけの女性なら、女優の卵を雇えばいい。住み込みの家事代行なら、もっとベテランで有能な人がいるはずなのに』とね」

その通り！　と、こくこく頷くと、星見さんは「失礼するよ」と言いながらベッドに乗った。そして横たわると、子供にお休み前のおとぎ話を聞かせる父親のように、肘枕をして私の方を向く。

「君を最初に見たのは、先月あった新和第一銀行のパーティーでのことだ。中惣さんに聞いてる？」

「はい、一応。そのときに星見さんから私のことを尋ねられたと伺いました。でも――」

だからと言って、高額な報酬を支払ってまで秘密裏に私を雇う理由にはならない。

中惣さんは「君に興味を持ったらしい」というようなことを言っていた。けれど、それが本当だったとしても、きっと人間的な興味だろう。会話もしていない相手に恋愛感情なんて生まれないはずだ。たぶん。

「もったいない、と思ったからだよ」

「……え？」

「女性って、誰かが自分のことを見ていないかと常に気にしているものだと、俺は思うんだ。自分自身がそれに気づいていなくてもね。そうは思わない？」

「はあ。……そういうものですかね」

「でも、あの日の君はそうじゃなかった。周りにいる人は皆石ころか何かで、自分の姿をその目が捉えるなんて思ってもいない。わからなくもないよ。銀行のパーティーだから、お客はほとんどが会社経営者や地主や大口顧客。つまり若い男じゃない」

でもね、と言って、星見さんは少し寂しそうな目で私を見詰める。

「その中で、唯一と言っていい若い男だった俺のことさえ、君はまったく眼中にないようだった。その証拠に、昨日会ったとき『初めまして』と言われた」

あ。

言われてみれば、昨日の朝、星見邸を初めて訪問した際、そんな風に挨拶(あいさつ)した覚えがある。だって、てっきり初対面だとばかり思っていたから……。

「す、すみません」

肌掛けを握り締めて縮こまると、「ちょっと寂しかったなあ」と星見さんは残念そうに笑った。別に怒っているわけではなさそうだ。……よかった。

「若い女の子が、それじゃあもったいないと思わない？　チャンスが転がっているのに、そのことに気づこうともしないなんて」

「チャンスだなんて……。私にはそういうの無縁ですから」

その言葉に、星見さんはちょっと眉を顰(ひそ)めた。黒ぶちの眼鏡を外して、妖しい光を宿した目でじっと見詰めてくる。

「そういう考えは終わりにした方がいい。現に俺はこうして――」

「あっ」

「君に……興味津々(きょうみしんしん)なんだから」

いつしか部屋の調光は落とされていて、ほんのりと闇を照らす間接照明だけになっていた。

逃げ場を失った私に彼が覆い被さる。無防備なネグリジェの喉元に、あたたかな息がかかる。

「ほ、星見さん――」

全身が燃えるように熱い。心臓は早鐘を打ち、今にも壊れてしまいそうだ。

「了と呼んで」

「了、さん……」

ふわふわと鎖骨をくすぐる彼の髪からは、私と同じシャンプーの匂いがした。

重なる体温。

引き締まった大きな身体がやけに熱い。

まさか、この展開は――。男性経験なんてこれっぽっちもない私が、恋人でもない相手と本当にそういうことに？

「震えてるの？」

「だって、だって、こんなこと」

「怖がらなくていい。優しくすると約束するから」

私の頬に手を当てて、菜のか、と諭すように彼は言う。琥珀色の瞳が揺らめいて、私をくぎづけにする。

「女性は、自分には価値があると信じることで美しくなっていくものだよ。俺の腕の中で、君もどんどん美しくなる。仕草や表情だけじゃない。髪も、肌も、指も。唇もね」

端整な顔がぐっと迫ってきて、あっという間に私の唇に彼のそれが押しつけられた。

柔らかな湿った感触。

ちゅ、と優しく啄んでは離れていき、何度も何度も、繰り返し私の唇を奪う。

さっき玄関前でされた軽いキスとは全然違った。海外の映画で時々見る、ベッドの中で恋人同士が交わすような、とてもセクシーで欲望に溢れたキス。

そのとき、頭の中にあったパズルが、カチリと音を立ててはまった。

——そうか、私はおもちゃなんだ。

彼は、富と美貌と名誉、そのすべてを手に入れた男に見える。女性にモテないはずがないその彼が、どうして私なんかを、とずっと考えていた。

もしかして彼は、自分に見合った高級な女には、もう飽きてしまったんじゃないだろうか。

平凡が服を着て歩いているような私に、月額一〇〇万円の価値なんてあるはずがない。でも、彼が手塩にかけることによって、その価値が生まれるとしたら?

彼にとって、この夫婦ごっこはゲームみたいなものなのかもしれない。それならば、よりにもよって私みたいな冴えない初心な女を選んだ理由もわかる。

「う、……んむっ！」

「大丈夫?」

塞(ふさ)がれていた唇が解放され、新鮮な空気が胸いっぱいに流れ込んできた。咳き込みながら激しく呼吸を繰り返せば、困惑した表情の了さんがじっと見ている。

「……もしかして、キスは初めて？」

涙目になりながら黙って頷いた。この歳にもなってキスのひとつもしたことがないなんて、おかしな女だと思われるだろうか。

了さんは申し訳なさそうに自分の顔をこすった。

「それじゃあ、さっき玄関前であんな風にキスして悪かったね。びっくりしたろう？」

「はい」

「ということは当然……菜のかは処女、だよね？」

「……はい」

消え入りそうな声で答える。すると、了さんの顔が突然パアアと輝いた。くっきりした二重瞼(ふたえまぶた)を大きく見開き、瞳を子供みたいにきらめかせる。

彼は私の頭を厚い胸に抱え込み、今日パーマをかけたばかりの髪をくしゃくしゃに撫で回した。

「そうか。それじゃあ、大事にしなくちゃいけないな。優しくするよ」

「本当に……？　本当に優しくしてくれますか？」

「うん……約束する」

こつん、と私の額に自分の額をくっつけて、彼は至近距離で囁いた。その顔がとても嬉しそうだったから、こんな状況だというのに、私までほんのりと心があたたかくなる。

優しくする、というその言葉に嘘偽りはないと感じた。

多少強引なところはあっても、彼はとても穏やかで思いやりに溢れた人だと思う。

今日一日一緒にいても、彼は常に紳士的な態度を崩さなかった。渋滞に巻き込まれてもイライラした様子を微塵も見せなかったし、お店の人にも決して横柄な態度を取らなかった。

もしも普通に出会っていたら、普通に恋に落ちていたかもしれない。うっかり気を許したら、これからだって彼を好きになってしまう可能性はある。

だから、考えようによっては、これは悪い話じゃないと思った。お金をもらって、贅沢をさせてもらって、女も磨けるのだから。

処女だって、なにも大事に取っておいたわけじゃない。ただ、今まで経験する機会がなかっただけだ。初めてのお相手が優しくて素敵なイケメンときたら、これ以上幸せなことはないんじゃないだろうか。

……うん。これはビジネスだと割り切ろう。こんな大金を手に入れるチャンスなんて二度とない。そのためならたとえ火の中水の中。優しくするって言ってくれてるわけだし……ええい、女は度胸、いざ飛び込め……！

「了さん……っ」

どぎまぎしながら呼ぶと、ん？　と彼が小首を傾げる。

「あの……教えてください、いろいろ。私、初めてなので」

「いいの？」

こくっ、と頷く。すると了さんは、たちまち色香に溢れる笑みを浮かべた。

「菜のか」

私の耳に唇を寄せる。「よかった」とまろみのある声で囁かれて、腰のあたりにぞくっ、と震えが走った。

彼の唇はするすると耳の輪郭をなぞり、耳たぶを食み、頬をたどって、そしてもう一度私の唇に重なった。

ちゅ、と軽く啄まれて、吐息が洩れる。キスの仕方も知らない私のためか、さっきのように深くはしない。お互いの唇が軽く触れたままの状態で、彼のレクチャーが始まる。

「いいかい、菜のか。キスはコミュニケーションだから、一方的じゃいけない。まずは力を抜いて。俺に合わせるんだ」

「合わせる？」

「うん。手を出してみて」

「……こう、ですか？」

右手を出して広げると、了さんの大きな手のひらがそれに重なった。

「俺の動きに合わせて」

そう言う彼の真似をして、撫でたり、優しく握ったり、指を絡めたり……

了さんの手はがっしりと骨ばっていて、あたたかかった。不思議なことに、こうしているだけで緊張に尖った心が落ち着いてくる。

「そう、うまいよ。キスも同じで相手に合わせればいい。君の唇は俺の唇を愛撫するところ。鼻は呼吸するところだ。いいね」

「はい。……あの、手の位置はどうしたらいいんでしょう」

「じゃ、こうしていて」

持ち上げられた両手は了さんのうなじに回された。

指に触れる、予想よりも柔らかい癖毛。ガラスのように透きとおった目が、ほんの数センチ先から私を見ていて、まるで本当に恋人と抱き合っている気分になる。

……ああ、気が遠くなりそう。

彼の唇が再び近づいてきて、私は吸い込まれるように目を閉じた。重なった唇のしなやかさに、改めて驚く。

ちゅ……ちゅ……、ちゅっ。

小さな音を立てて、彼は私の唇を優しく吸った。

力を抜いて受け入れれば確かに気持ちがよくて、意識がふわふわと浮かび上がるみたい。さっき教えてもらったように、ちょっとだけ勇気を出して彼の動きに合わせてみる。

ちゅ。

「う、……ん」

私から反応があったのが嬉しかったのか、了さんは唇の合わせ目から小さく呻(うめ)き声を洩(も)らした。

覆い被さったままの彼の指先がウエストのカーブを滑(なめ)らかに下りていく。

唇への愛撫はだんだんと激しさを増して、やがて、ちょっと強引に舌先が捻(ね)じ込まれた。

「ん、んんっ……っ」

すべてを封じ込めるような激しいキス。吐息にまみれた舌が口の中の粘膜をさらい、密着した唇の端から唾液が伝う。

手も、舌も、唇も。とてもセクシーな動きだった。

今日一日、優しく紳士的に私を扱ってくれた了さんだったけれど、やっぱり男とはケダモノらしい。その証拠に、頬に当たる息遣いは獰猛(どうもう)で、太腿に押しつけられる彼の中心は硬く張っている。

ウエストからお尻へとたどった了さんの手が、今度は太腿のあたりでうごめいた。何をしているんだろう、と意識の隅っこで考えていたけれど——

「ん、んんっ。——あっ、そ、そこはっ」

彼の指先は、ネグリジェの裾を手繰り寄せていたらしい。太腿どころか、ショーツまでもが丸見えになっていて、半ばパニックだ。

はしっ、とその手を掴むが、当然力で敵うわけがない。そもそも、この大きな身体に半分圧しかかられている状態では、身動きなんてできやしないのだ。

「このショーツにしたんだね。Tバックを選ぶとはなかなか大胆だ」

「こっ、これが一番布が多かったんです。ていうか、用意していただいてなんですけど、どうしてこういう……恥ずかしいデザインばかりなんですか」

「君に似合いそうだと思って」

「似合いそうって」

この白いTバックが？　前の部分も布というより、蝶々の刺繍しかないような紐仕様なのに？

彼の腕を押しとどめるのに必死でいたら、他がすっかり疎かになっていたようだ。気づいたときには、了さんの顔が既に胸の谷間にあった。ニヤッ、と微笑んだのが目に入る。

「あんっ！」

いきなり胸の中心を軽く噛まれ、びくっ！　と身体が飛び跳ねた。

全身を電流が突き抜けたような刺激。そして、下半身にじんわりと広がる甘い痺(しび)れ。

……ううう、なんなの、これ。

そんな私の様子を見て、了さんがにやにやと笑う。

「菜のか、ちょっと両手を出して」

「こう、ですか……？」

小さく万歳の格好をした私の両手首を、了さんが掴んだ。そのままぐーっ、と掴んだ手を下に下ろしていって、私のお尻の下に導いた。

よし、と言って彼は私の腰の上に跨(またが)る。

「捕獲完了」

「えっ」

どういう意味だろう、と考えてやっと気づいた。私の両手は自分のお尻の下敷きになっていて、更には上から了さんの体重に押さえつけられている。

おかげで身じろぎすらできない。横から抜けるかとチャレンジするものの、お尻の両脇に彼の膝があるのでそれも無理。

騙(だま)された、と思ったけれど、あとの祭りだ。

「ずるいですよ、了さん！」

ネグリジェ姿の私の上半身を、了さんがうっとりとした目つきで眺める。こうして黙っていれば彼はイケメンだ。ただし、下着のチョイスから考えるに、人よりちょっと欲望に忠実すぎる可能性はある。

「きれいだよ、菜のか」

「あ、ありがとう……ございます」

「いい加減に敬語はやめないか？　俺たちは夫婦だ」

楽しげに言いながら、ネグリジェのボタンをひとつひとつ外していく。

「そんなわけにはいきません」

「じゃ、これはクライアントからの指示だ。今後一切、敬語は使わないように」

「う……。わかりまし――じゃない。……わかった」

すべてのボタンが外されて、肌が外気に触れた。と同時に、あられもない姿になっていることに気づき、思わず逃げ出したくなる。

「これは……最高だな……」

つん、と尖った私の乳首を見て、了さんは目を細めた。

胸のあいだからおへそにかけて、すーっと指を滑(すべ)らせる。その手を胸に伸ばし、飛び出た箇所を摘(つま)んだりはじいたりするので、震えが止まらない。

実は私、これでもブラジャーをしている。

シャワーのあと、警戒していた私はちゃんとブラを着用したのだ。ただし、了さんがお取り寄せした箱の中身はどれもこれも『穴あき』だの『総レース』だのといったとびきりセクシーなものばかり。……で、一番布の多いショーツとセットになっていたのがこのブラだったのだ。だけどこのブラジャー、乳房を覆うレーシーなカップの真ん中にはスリットが入っていて、よりにもよって大事な部分が飛び出している。

この破廉恥な下着を選んだ彼自身は、今の状況をとても楽しんでいるようだった。顔を輝かせた彼が、下から持ち上げたバストをやわやわと揉みしだく。

「あ、あふっ……」

スリットから飛び出した先端を、きゅっと摘まれ、くりくりと転がされる。

「は、はあッ……ん！」

そのたびにびくびくっ！　と私が仰け反るのが、彼には面白いらしい。じっと見下ろしながら、太腿に熱いものをこすりつけてくる。

「かわいい声だ。歯止めが利かなくなる」

「い、言わないで……う、ふっ！」

「じゃ、そろそろ」

と、真顔で見下ろしながら、了さんは言う。

「もうちょっと深くしてみようか。君との仲を」

「はい!?」

背中の下に潜り込んだ手が、ブラのホックを器用に外した。たゆん、と揺れながら零れ落ちたふたつの丘を彼は満足そうに眺め、自分が着ているバスローブの紐を解く。

——ひっ。

はらり、と前が開いた瞬間、思わず目を逸らしてしまった。

ちょ、ちょっと待って。これは一体なに!?

「どうしたの?」

「いえ、あ、ちょっとその」

割れた腹筋の下に突き出た物体が、視界の端で重たげに揺れている。重力に逆らってそびえるそれは、想像していた姿とはかけ離れていた。

なんか漫画で見たのと違う。あれは確か、こんなに赤黒くてグロテスクなものじゃなく、もっとスリムでおぼろげに光り輝いていたような……

「んあっ」

ちゅ、といきなり乳首に吸いつかれて、身体が跳ね上がった。胸元に目をやれば、垂れた前髪の向こうには妖しい眼差しがふたつ。私をねめつけたまま頂を甘く噛むから、ぞくぞくと震えが止まらなくなった。

「さっきからよそ見してる」

「だって——あっあんっ」

大きな手の中で、私の乳房は面白いように形を変えた。

あたたかな舌で先端を転がされ、もうひとつの頂も指先で、きゅっ、きゅと繰り返し弄ばれる。ちろちろとうごめく舌の感覚に、肌を駆け上がるさざ波が止まらなくて——

ああもう、どうして両手がお尻の下にあるの⁉

「は……はっ、あ……だめ、了さんっ」

「どうして？　こんなにいい顔してるのに」

私を上目遣いに見ながら、彼は、ちゅぽんと乳首を吸う。

「あんっ……！　とにかく、だめなのっ」

「まさか、もう濡れちゃったとか」

ドキッ。なぜそれを。

と、急に身体が軽くなって、合わせた太腿を両手で開かれた。お尻の下敷きになっていた手を、慌てて引っこ抜く。だけどそのあいだに、彼の指が際どいところに滑り込んできた。

「ああだめっ、ふ、ううんっ……！」

抵抗なく往復した指に、身体の奥から熱い何かがわき起こった。腰が震え、秘密の場所がきゅん、と締まる。

「ほら、ショーツの上までびしょ濡れだ」

　吐息まみれの声が耳をくすぐった。と同時に、クロッチの脇から滑り込んだ不埒な指先が、潤んだ谷間に次々と甘い疼きを刻んでいく。

「あ……、やあっ、あんっ……」

「菜のか……すごくかわいいよ。こんなに濡らして」

「いやあ……言わない、で」

「恥ずかしい？」

　こくこく、と頷く。

　彼は上気した頬を嬉しそうに持ち上げた。尋ねた彼自身もだいぶとろんとした目つきになっていて、それを見て更に顔が熱くなる。

「かわいい」

　囁いたその唇で、彼は私の唇を覆った。

　艶めかしい動きで擦り合わせつつ、徐々に激しさを増していくキス。

　くちゅくちゅと、脚のあいだからは淫らな音が立ちのぼっていた。絡み合う吐息と、秘所を攻め続ける甘い刺激。

　強烈な羞恥心と未体験の気持ちよさに、頭の中がどろどろに溶けたバターみたいになった気がした。

もどかしい気持ちが膨れ上がる。

私の知らない何かが生まれてきそうな予感に戦慄してしまう。

「あっ、あ……待って、怖いっ」

太い腕にしがみつくと、彼は愛撫を続けたまま片手で私を抱きしめた。琥珀色の優しい眼差しで見詰めながら、淫らな動きでぬかるみを捏ね回す。

「ここが、変な感じがする？」

「う、うん……ッ」

「じゃ、そこに意識を集中して。いつでもいっていいよ」

いく？　これがいくってことなの？

ふわり、と洗いざらしの髪が鎖骨にかかり、バストの頂点に優しい刺激が舞い降りた。舌で転がされ、甘く噛まれる。

「あ、ああ、そこ、だめぇ……っ」

「菜のか、かわいい。菜のか」

次々と襲いかかる強い刺激に、喘ぎも太腿のわななきも止まらない。彼の腕に爪が食い込むほど強くすがる。

「は、ああん、あっ」

こんなの恥ずかしい。でも、気持ちよすぎる。

「う、ふ……っ」

だめっ、おもらししちゃいそう……！

「……も、やだっ」

「大丈夫だよ。安心して。俺に任せて」

「あっあっ、やぁっ、あっ、あ、あ――」

その瞬間、身体の奥で圧縮された熱の塊が極限まで膨れ上がった。それが一気に弾け飛んで、頭の中が真っ白になる。

なに……これ……？

何度も何度も執拗（しつよう）に襲ってくる快感の波に、身体が痙攣（けいれん）してしまう。唇を噛んで堪（こら）えていたら、大きな身体にそっと抱きしめられた。彼は私の髪にいくつも口づけを落とし、頬ずりをする。

身体がふわふわして、まるで雲の上にいるような気分だった。がんじがらめになっていた何かから、解放されたみたいに。

ああ、なんだかとっても幸せな気分。このまま朝まで眠りたい……

ところが。

「入れていい？」

突然耳元で聞かれて、陶酔から覚めた。

はっ、と了さんの顔に目を向ければ、ギラギラした眼差しが私を射抜いている。

そうだ、セックスって確かこういうものじゃない。漫画で見た限りでは前戯のあとに挿入があり、男がいくらか腰を動かして最後はふたり仲良く到達、で、めでたしめでたし——という流れじゃなかったっけ。

とはいえ、あんなに太いものが私の中に入るなんて、とても考えられなかった。私のそこは本当にまっさらなんです。タンポンすらも入ったことがないんです。

「あの、あああのあの——」

「……すごい顔してるよ」

くすくすと了さんは楽しげに笑う。だけど今ばかりはつられて笑う余裕は私にはない。

「これがいきなり入ると思った？」

手を持っていかれたところにある物体を恐る恐る握って驚いた。硬い、というよりカチンコチンだ。そして、すごくあたたかい。冬場に冷えた手を温めるにはちょうどよさそうな……

「こっ、こんなの入らない……！」

「だからまずはこうして——」

ぷつり、と禁断の場所に指が差し込まれた。

「いっ——！」

「慣らしてからにするから」

　秘裂に侵入してきた指が、ゆっくりと動き始めた。おそらくは入り口から少し入ったあたり。さっき到達したお陰なのかだいぶ潤っているらしく、音だけは卑猥だ。

　でも、どうにもこうにも異物感が先に立って、とても気持ちがいいとは思えなかった。こういうとき、女は一体どうしたらいいんだろう。感じてるふりをするべき？　それとも、正直に「よくない」と伝えた方がいいんだろうか？

「狭いな。大丈夫？　痛くない？」

「……はい、なんとか」

「最初はあまり感じないかもしれない。でも回を追ってだんだんよくなるから」

　そう言って彼は、私の足元に向かって移動した。そして両腿の裏側を押して脚を広げると、あろうことか濡れた秘部に舌を這わせてくる。

「あっ……！　あぁ、あぁん」

「いいね、その声。すごくそそる」

　私の脚のあいだで、彼はかすれ気味のセクシーな声を上げた。ぬめりを纏った舌先が秘所を優しく舐め上げるたび、びくん、びくんと膝がわなないてしまう。

——嘘みたい。こんな素敵な人が私のそんなところを。

それに、了さんはサンジェクスのお客さんなのに。私のご主人様なのに――

恐ろしいまでの背徳感に、頭のてっぺんが痺れたようになる。

「は……あ、んぅ……っ」

指とは違う、とてもソフトで優しい感触だった。とろけるような快感はどこまでも甘く、溢れ出る快楽物質が全身を駆け巡る。

じゅぶじゅぶと卑猥な音を立てながら、敏感な場所を彼が舐め尽くす。募る心地よさに感覚が鋭く尖って、頭のてっぺんからつま先まで、快感が突き抜けるよう。

ゆっくりと、再び裂け目の中に指が捻じ込まれても、頭がぼーっとなっているせいかさっきほどの異物感は感じない。

「結構奥まで入ったよ。痛くはない？」

「ん……っ、大丈、夫」

「そう、よかった」

茂みの向こうに、肉感的な唇から突き出した赤い舌が時折見えた。こんなイケメンが私のそこに顔を埋めているなんて、やっぱり嘘みたい。

うごめく彼の指にも、私は翻弄され続けていた。そびえたつ壁に四方を囲まれた狭い道を押し広げるように、彼は優しく力強く、切り開いていく。

そうするうちに、最初は違和感の塊だったその行為が、徐々に、うっすらと快感を生み始めた。

　バージンの私にはどこをどう触っているのかわからない。けれど、彼には私のどこが感じるか、わかっているみたいだった。

「あ、あ……了、さん」

　内腿に触れる柔らかな髪に指を伸ばした。全身を甘い痺れが駆け抜ける。自分ではどうしようもない快楽に襲われて、私は息も絶え絶えだ。

「菜のか、かわいいよ。もっと名前呼んで」

「了さん……っ、了さぁん」

「菜のか……菜のか」

　彼の息遣いも荒々しくなった。私の中に指を残したまま上半身を起こし、反対の手で乳房をやわやわと揉みしだく。

「んあっ」

　中心の尖りを吸われた瞬間、びくん、と身体が跳ねた。

　了さんの唇が、舌が、私の乳首を口の中で転がす。同時に胎内も指で弄ばれて、脚のあいだはもうぐっしょりだ。

　抑えきれない喘ぎが次々と唇から零れていった。がくがくと腰が揺れ、快感を逃そうと彼の背中に爪を立てる。

「すごい。ずぶ濡れだ」

「それ、言っちゃだめ……っ」

「そろそろ君の中に入りたい。いい?」

「は、……はい」

消え入るような声で返すと、大きな身体が私に覆い被さった。ぬかるんだ谷間から指が引き抜かれ、彼はどこからか取り出した避妊具のパッケージを歯で破る。

――ついに、ついにそのときがきた……!

本当に了さんとこんなことになるとは思わなかった。いや、今でも思ってない。これが現実なのかどうか、まだ信じ切れていない自分がいる。

ガラスのように透きとおった目で見下ろしながら、彼は熱い塊をぴたりと入り口に押しつけた。

みしみしと骨が広がるような音。強い圧迫感とともに巨大な先端が侵入してきて、思わず顔を顰(しか)めてしまう。

「ちょっと痛いかもしれない。もし無理そうだったらやめるから言って」

やめるから言って、って、もう既に痛いんですけど……!

じわりじわりと、行きつ戻りつ、塊は押し進んでくる。

「……っ!」

「大丈夫？」

「はい、いっ――」

ちょっと奥に進められただけで、下半身に引き裂かれるような痛みが走った。どうしても、全身に力が入ってしまう。世の中の女の人たちは、本当にこれを経験してるんだろうか。

歯を食いしばって耐えていたら、ふと彼の動きが止まっていることに気づいた。恐る恐る薄目を開けてみれば、心配そうに揺れている琥珀色の瞳がふたつ。

「本当に大丈夫？　あんまり痛いんだったら、今日はやめに――」

がしっ、と盛り上がった両肩に爪を立てた。

「ひと思いにやっちゃってください。そういう契約でしょう？」

「契約？」

「はい。一〇〇万円いただきました」

私がそう言うと、了さんはわずかに眉根を寄せた。なぜかちょっとだけ悲しそうにも見える。

「……君はそんな風に思ってるんだ」

こくり、と頷きながらも、彼の表情に一抹の不安を感じてしまう。

なんでそんな顔をするんだろう。私をおもちゃにしようとしてるのは、彼の方なのに。

「——そうか。なら、話が早い」

たった今見せた悲しげな顔が、すっと消えた。代わりに、彼は不穏なものを表情に纏(まと)わせ、入り口で止まっていた塊をひと息に押し進めた。

「……っ！」

瞬間、叫び出したいほどの痛みが下腹部を襲った。歯を食いしばってその痛みに耐える。

そうだ、あの破格の値段は夜のお相手を含めてのもの。たった一度の痛みくらい耐えなきゃ……！

私の中で、彼はゆっくりと動き出した。そのたびに破れた部分がすれて、ぴりぴりと痛みが走る。でも、乱暴というわけじゃない。あまり動きを激しくせず、むしろとても優しく気遣っているように思える。

彼の息遣いが次第に荒くなる。律動しながら私の髪に、唇に、キスを落とした。

口づけをされているときは少し痛みが和(やわ)らぐ気がする。

そっと肌を撫でられていると安心できる——

昨日会ったばかりの相手なのに、なんだか不思議な感じがした。

＊

爽やかな朝である。

トーストの焼ける匂いとコーヒーの香り。

円形に張り出した出窓からは、白い朝の光が差し込んでいる。

BGMはモーツァルトのメヌエットだ。優雅なバイオリンの調べに乗って、高級感漂うキッチンに立つ私の手も軽快に動く――

と、そんな美しい朝の光景が確保される前には、大変なバトルがあった。

まず、昨夜のロストバージンによる腰の痛みで、自分がベッドから起き上がるのにひと苦労。ようやく動けるようになったと思ったら、了さんを起こすという最初の仕事が、秘書である鷹山さんに聞いていた通り相当厄介だった。彼をベッドから引き離すのに一時間、いや、一時間半はかかっただろうか。

揺すっても、くすぐっても、キスをしても彼は起きなかった。最後は布団を剥ぎ取り、力ずくで身体を起こし、濡れタオルで顔を拭いて、やっと目を開けたというわけで――

少し考えが甘かったかもしれない。

朝の時間は大変貴重なのだ。この時間があれば、洗濯機を回して洗濯物を干すくらいはできたはず。明日からはもっと彼を楽に起こせるよう、何か対策を練らなくちゃ。

昨日一日出かけてしまったせいで、今日が家事代行業としての仕事始めの日といえる。

了さんを送り出したら今度こそ洗濯機を回して、掃除機をかけて、クリーニングを出して買い物に行って靴磨きして――と、慌ただしいほどのタスクが待っているのだ。

彼の話によると居室だけでもかなりの部屋数があるようだから、掃除も相当重労働のはず。気合を入れて取りかからないと――

そんなことを考えているところに、スリッパの音がした。了さんがバスルームから出てきたらしく、半分寝ぼけたような声が響く。

「あー、やっと目が覚めた」

「おはようございま――」

うわっ！

振り返れば、わしわしと頭をタオルで拭きながらやってくる了さんがいた。

例によってバスローブを羽織ってはいるものの、ベルトをしていないので合わせ目からボクサーパンツの真ん中までが丸見えだ。すぐに目を逸らすものの、一瞬視界に入った腹筋に心臓がどきん、と高鳴ってしまう。

――私はこの身体に抱かれたのか……

朝の光のなか、絡み合った吐息の温度と艶（なま）めかしい肌の感触を思い出し、全身に火がついたようになった。気づかれないうちに顔色が戻ればいい、と祈りながらスクランブルエッグをかきまぜる。

「菜のか」

「ちょ、了さん……！」

と、彼に後ろからいきなり抱きしめられた。スカートの裾から手が忍び込み、内腿をさわさわと撫でられる。ショーツの形を確かめるようにVラインをなぞられて、思わずびくっ、と手が震えた。

「……あれ？　下着替えたの？」

「はい。だって、あれはもう……あっ――」

「びしょ濡れだったから？」

指先をクロッチに押しつけながら、わかり切ったことを聞く。

朝から意地悪だ。ぶるぶると震えつつも黙々と料理を続けていたら、ぺろり、と耳を舐(な)められた。

「ひっ、やめてください……スクランブルエッグが玉子(たまご)焼きになっちゃいます！」

「それでもおいしく食べるよ」

「でも、今朝は……あっ……一応、洋食ですし」

「まあ、どっちも好きだけど」

と、既に愛液のしみ出しているらしいクロッチをくにくにと撫で回す。そのあいだ、ずっと耳元に吐息を感じているので、正気ではいられなくなってくる。

彼の声は低くて、甘くて——耳殻に唇をつけたまま囁かれると、ものすごく腰にきた。

「しかし、君もなかなか強情だな。いつの間にか敬語に戻ってるから俺は悲しくなる」

「だ……ってっ……」

いくら敬語をやめるようにと言われても、そう簡単にできるものではない。

「君が料理しているあいだ、ずっとこうしていようかな」

「ひゃあ」

きゅ、と耳たぶを甘く噛まれて、おかしな声が出る。

そのとき、玄関のインターホンが鳴った。まるで悪いことが見つかったときのように、シャキッと背筋が伸びる。

「あっ！　ほらっ、誰か来ましたよ。私が出ましょうか？」

「いや、いい」

不満げな声を上げつつ、了さんが背中から離れた。ホッとしてお皿にフライパンの中身をあける。よかった。いたずらされていた割には、きれいなスクランブルエッグができた。

やってきたのは鷹山さんだった。迎えに来ると言っていた八時半よりも随分早いのは、私が了さんを起こせるかどうか心配だったからだろう。まあ、確かに彼を起こすためにあらゆる手段を講じたけれども。

鷹山さんは忙しく動く私に会釈すると、ソファに座り新聞を読み始めた。一方、了さんはダイニングの椅子に腰かけ、同じように経済紙を広げている。

鷹山さんにコーヒーをすすめたら頷いたので、ソファの前に持っていった。

続いて、了さんの前にも、コーヒーの入ったマグを置く。彼はコーヒーにたっぷりとミルクを注ぎ、砂糖をスプーンに山盛りにして、一杯、二杯……おや？　三杯、四杯――ちょっと、入れすぎじゃないですか!?

私の視線に気づいたのか、了さんは「苦いコーヒーは飲めないんだよね」とくすくす笑いながら言う。

ぴかぴかの白いプレートに、ベーコンと玉子、トーストとサラダを盛りつける。コーンスープには、自家製のクルトンを浮かべてみた。

「すみません、お待たせしました」

「お、朝からうまそうだね。あれ？　君の分は？」

言いながら彼は、新聞を畳んで隣の椅子に置く。

「え……一緒にいただいてもいいんですか？」

「当たり前だろう。なんでそんなこと聞くの？」

「だって――」

過去にも仕事で何度か朝食を作ったことはあるけれど、一緒の食卓で、と誘われたのは初めてだ。だからそんなことを言われても、遠慮が先に立って困惑してしまう。
……でも、正直なところ嬉しかった。使用人という立場の私を、彼は対等の人物として扱おうとしている。ひとつ屋根の下で暮らして、表向き夫婦なのだから、食事も一緒にするのが当たり前、と彼は考えているのだろう。

　そんな理由であっても、彼みたいに素敵な人と一緒に食べれば、自分が作った料理でもとびきりのごちそうになるかもしれない。本来クライアントの家でものを食べることは会社のルールで禁じられているけれど、ここはひとつ……

　チラ、と鷹山さんの様子を窺えば、彼は静かにブラックコーヒーを啜りつつ新聞に目を落としている。

　彼はこちらを気にしてもいない。ということは、私が同席しても構わない、ということだろうか。

「ええと……では、お言葉に甘えて」

　キッチンに用意していた自分のお皿を持ってきて、食卓につく。ふたりで挨拶をして食事を始めた。

　了さんは私が出したものをおいしそうに次々と口に運んだ。あまり時間がないから少し急ぎ気味だけれど、食べ方が美しいので早食いという印象はない。やっぱりこういうセレブは親の代からお金持ちで、きちんとしたしつけを受けてきたのだろうか。

「うん、うまい。このスクランブルエッグもいい味だよ。菜のかは料理が上手だね」

「いえ、簡単なものですみません。……でも、ありがとうございます。了さんは他にはどんなものがお好きですか？」

「なんでも食べるよ。玉子焼きとか、味噌汁とか、アジの干物とか。納豆も好き。時間がなければお茶漬けでもいい。……何かおかしい？」

とてもイケメンセレブの口から出る言葉とは思えなくて、クスッと笑ってしまった。

「いえ。ごめんなさい。なんだかヘルシーだな、と思って」

「君が作ってくれるものなら何でもおいしく食べられる自信がある。言いたいのはそういうことだ」

先に食べ終わった彼はナプキンで口元を拭い、コーヒーを啜った。

「ところで、今日は君に行ってもらいたいところがいくつかあるから」

「はい？」

鷹山、とソファに向かって声をかけると、ロボットみたいな秘書は新聞を折り畳んでこちらへやってきた。

了さんが無言で差し出した手に『星見開発』とプリントされたA4サイズの封筒が手渡される。彼はそれを、中身を確認せず私によこした。

「これはなんですか？」

「君が今日やるべきことだ。それぞれアポイントを入れてあるけれど、念のため行く前に電話してくれ。何かわからないことがあったら、俺か鷹山に電話して」

すぐさま、スッと鷹山さんの手から名刺が出てくる。まるで手品だ。ふたり、阿吽の呼吸すぎるでしょ!?

了さんが洗面所に消えたので、食事のあと片づけをしながら、星見開発について鷹山さんに尋ねてみることにした。本来お客様のことを詮索するのはご法度だ。でも、ひとつ屋根の下で暮らす以上、彼の素性について最低限のことは知っておきたい。

鷹山さんは私の質問に特に顔色を変えず、抑揚のない声で答えた。

「一般の方には馴染みがないかもしれませんが、不動産業といっても仲介や分譲の類ではありません。『商業ビル開発』と言ったらわかりやすいでしょうか。社長が所有されている土地や、新たに購入した土地にビルを建て、会社や店舗に借りてもらうのです」

「えーと……大家さん、ということですか？」

「はい、そういうことになります。貸しビル業、すなわち、資産家といった表現の方が合うでしょう」

なるほど。

アパートや賃貸マンションを持っているクライアントのお宅なら、何度か訪問したことがある。しかし、そういった人はやはり年配の方というイメージだ。きっと彼は、親御さんから土地や建物をたくさん譲り受けて、それを元手にあちこちにビルを持つようになったのだろう。

「今や彼は全国に一〇〇棟を超えるビルを所有されていますが、私が秘書を始めたときにはまだ分譲マンションの一室しかお持ちではありませんでした。元はといえば社長は――いや、話が過ぎました。私がこんなことを話したというのはどうかご内密に……」

そのタイミングで、ちょうど了さんが戻ってきた。髪をきちっとセットし、濃紺のピンストライプスーツを華麗に着こなしている。雑誌のモデルみたいだ。

彼にシルバー系とグリーン系と、どっちのネクタイがいいか聞かれた。ちょっと悩んだけど、シルバーを選ぶ。

「結べる？」

「はい。プレーンノットでいいですか？」

「うん」

向かい合って立ち、ワイシャツの襟を上げてネクタイを首にかける。と、出会った日に初めて嗅いだコロンが、ふわりと香った。

ネクタイを締めるときには、手が震えてしまった。時々彼が、眼鏡の向こうからあの色素の薄い瞳で私を射抜いてくるから。

鷹山さんが間近で見ていても、やたらと逸る胸の鼓動を抑えられない。

玄関までふたりを見送り、もう一度了さんのネクタイを調整する。なんだか本当に彼の奥さんになったみたいだ。

「七時過ぎには帰るから。じゃ、行ってくる」

「いってらっしゃい」

少し照れながら声をかける。が、彼はこっちを向いたまま動こうとしない。

「キスは？」

「えっ」

「いってらっしゃい、のキス」

うっすらと笑みを浮かべ、彼は一段低い三和土（たたき）から真っ直ぐに見上げてきた。吹き抜けから差し込む陽光が、透きとおる両目に星屑（ほしくず）を躍らせている。

——これじゃ完全に新婚夫婦だよ……

かああ、と熱くなった頬に辟易（へきえき）しながら、鷹山さんをチラ、と窺（うかが）ってみた。彼は私と一瞬目が合うと、さりげなくドアの方を向く。

……さすがだ。心得てます、ということか。

仕方なく、了さんの胸に手を置いて、軽く触れるだけの口づけをした。彼は満足そうに、にんまりと微笑んだ。

「じゃ、さっき渡した封筒の中身確認しておいてね」

私の手をぎゅっと握ると、彼は朝日の眩しい洋風庭園へと足を踏み出す。薄紫色のコスモスや、白いスイートアリッサムが咲き乱れる中、ダークスーツの後ろ姿がやけに映えていた。

電気錠が作動する音がして、ほうっ、と息を吐く。

「……行ったか」

やっとひとりになれた。と同時に、この音は私にとって試合開始のホイッスルでもある。

「さあー、仕事仕事！　頑張るぞー！」

ぱたぱたとリビングに戻りながら、ブラウスの袖をまくって気合を入れた。洗濯機を回して、そのあいだに食器を洗おう。それから二階の窓を開け放って、寝具を干して――

そこでテーブルの上の封筒に、ふと目が留まった。食事の終わり際、了さんが言っていたことを思い出す。

『今日は君に行ってもらいたいところがいくつかあるから』

星見開発の封筒を手に取って、首を捻った。行ってもらいたいところって、どこだろう。

銀行？　区役所？　確かアポイントと言っていた。でも、私に彼の仕事の手伝いができるとは思えない。あまり難しい用事じゃないといいんだけど……

恐る恐る封筒の中を覗いてみる。ところが、その中身は私の予想とはまったく違っていた。

中に入っていたのは、自動車教習所やスポーツジム、エステやネイルサロンのパンフレットやチラシ。それぞれの表紙には連絡先と担当者の名前、予約時間が付箋で貼られている。

思わず、うーん、と唸ってしまう。

私にここに通えということだろうか。わざわざ彼がお金を払ってまで？

お金持ちの考えることって、やっぱり意味がわからない。

呆れ半分で資料を眺めていたところ、あるパンフレットに目が留まった。

「えっ、待って。なんなの、これ？」

表紙には青い海にヤシの木、白い砂浜という美しいビーチの写真が使われている。しかしその内容は旅行案内でもなければ、水着のカタログでもなさそうだ。

『貴婦人のためのラグジュアリーな空間』

『最高の技術を持ったスタッフによる、最高のお手入れ』

『多彩なデザイン、コースからお選びいただけます』

そして、『デザインの一例』と書かれたところにあるイラストを見た途端、私は視線を動かすことができなくなってしまった。

女性の下腹部にあるのは、ハートやダイヤ、逆三角のマークなどなど。更にはIライン、Vライン、Oライン、ハイジニーナ『無毛』。

無毛……!? 無毛って――

きゅう、と心臓が硬くなった。

しっ、下の毛を脱毛するの!?

あんなところを他人に見せるなんて……！　ああ、助けて、神さま！

午後三時。最寄りの駅に戻ってきたときには、私は既に這う這うの体だった。ばたばたと駆けずり回ったこの数時間、ゆっくり休む間などなくて、お昼ご飯も食べていない。

脱毛したばかりの下腹部はヒリヒリするし、相変わらず靴擦れで足は痛いし。……ああ、安パンプスが懐かしい。

心身ともに疲れ果ててはいたけれど、表向きは星見了の妻なのでシャキッとしていなければならない。

身体は汗だくでも、顔には余裕のアルカイックスマイル。

スーパーの袋が指に食い込んでも、背筋はピンと伸ばしたまま。

もちろん、靴擦れが痛くても足を引きずったりしない。

お陰で変なところに力が入ってしまい、疲労も倍増だ。

駅から徒歩五分の道のりが、まるで万里の長城のよう……

そんなわけで、やっと星見邸の門が見えたときには思わず涙が出そうになった。それなのに――

「あら？　もしかして、星見さんの奥さん？」

楽し気な声がして立ち止まる。振り返れば、星見邸の真向かいにある玄関ドアから、女性が出てくるところだった。

――あれが荒巻さんの奥さん！

私は即座に満面の笑みを浮かべた。

「こんにちは。はじめまして」

やっとひと息つけると思ったのに、そう甘くはないらしい。

彼女のことは、了さんから聞いている。例の、彼にお見合いをしつこくすすめていた、近所の要注意人物だ。

荒巻さんの奥さんはいそいそと道路を渡ってくると、ぴょこ、と頭を下げた。ぱっつん前髪にピンクのチーク。ドレープのきいたガーリーなワンピースを着ている。歳は私より一回りくらい上だと聞いたけれど、随分若作りのようだ。

「荒巻です。どうもはじめまして。あー、よかったわ、お会いできて」

「星見の妻です。こちらこそお世話になります。ご挨拶が遅くなりましてすみません」

「ううん、いいのよ。よろしくね。ご近所の方たちとね、星見さんの奥様ってどんな方かしら、ってお話ししてたのよ。さすが、かわいらしい方ね。みんなに自慢しちゃおうっと」

うふふ、と笑う荒巻夫人。それには「はあ」としか返事のしようがない。

『ご近所づきあいには気をつけてね』と了さんは何度も言っていた。

お向かいの荒巻さんをはじめ、周りの奥様方はだいぶ噂好きなんだとか。うっかり化けの皮が剥がれるようなことがあったら、残りの二〇〇万円はおろか、了さんの立場だって危うくなる。

「星見さん、すっかり独身だと思ってたから結婚されてると知ってびっくりしたのよ。あなたは昨日仙台からいらしたのよね？」

「は、はい。そうなんです。やっと向こうの荷物が片づいたので……」

そっか、先月までの三か月間、彼は仙台の別宅にいたんだっけ。

「いろんなところに家があるといいわね。旅行気分じゃない？」

「……ええ、まあ」

「奥さんはどちらのご出身なの？」

「秋田です」

答えてから、しまった、と思った。佐木菜のかの出身地は確かに秋田県だけと、星見菜のかは違うかもしれない。

額に変な汗が出てきた。胸がドキドキして、頬が引きつってしまう。

――お願い、これ以上ツッコまないで。そろそろ無難に答えるのも限界！

「あら、随分遠くから来たのね。東京は初めて？」

「いいえ。もう何年も――あっ。何年か前まで都内に住んでいましたので」

「あら、そうなの。じゃ、若い分、星見さんの奥さんの方がいろいろと知ってそうね」

「いえ、そんな……」

荒巻夫人はほんの少しがっかりしたようだった。都会を知らない子にいろいろと教えてあげよう、と意気込んでいたのかもしれない。

そこでようやく彼女は、私が両手に提げているスーパーの袋に気づいてくれた。

「あら、長々と話しちゃってごめんなさいね。今度一緒にお茶でも飲みましょう。うちはサラリーマンだし、転勤族でもないから、案外狭い世界のことしか知らないのよ。いろいろと聞かせてほしいわ」

じゃあね、と言うと荒巻夫人は、パンプスの踵を鳴らしながら駅の方へと歩いていった。

ホッとすると同時に、疲れがどっと襲ってきた。

星見邸の門を潜り、アプローチをよろよろと抜け、つまずきそうになりながら玄関に入る。スーパーの袋を上がり框に置いて、そのままどさりと倒れ込んだ。

「ああー、疲れた……」

フローリングにぺたりと突っ伏せば、すっかり汗ばんだ身体からぐんぐん熱が吸い取られていく。ほっぺたが冷たくて気持ちがいい……。もうだめだ、ここから一歩も動けそうにない。

満身創痍で帰ってきた上に、最後の一撃がガツンと効いた。

荒巻さんのご主人がいくらサラリーマンでも、こんな高級住宅街に住んでいるくらいだから、きっと大企業のお偉いさんだろう。

気さくでいい人そうだけど、ああいうタイプこそ注意しなくちゃいけない。了さんの言う通り噂好きそうだし、敵に回すと何かと厄介なはず。こう聞かれたらこう答える、みたいなシミュレーションをちゃんとしておかないと。

昨晩のことのせいで、寝不足でもあった。ひんやりとした心地よさに勝手に瞼は閉じ、すう、と意識が遠のいていく。

……はっ。

だめだ、こんなところで眠っちゃ。

カッ、と目を見開いた瞬間、すぐそこに小さなホコリを見つけてしまった。……そうだった。まだ掃除が残ってたんだっけ。

重い身体を引きずって、なんとかキッチンに向かう。スーパーで買った食材を冷蔵庫に入れ、調味料の類をシンクの引き出しにしまい込んだ。

部屋着に着替えてエプロンをする頃にはだいぶシャキッとなった。だし昆布を水に浸したら、寝具と洗濯物を取り込んで、急いで掃除を再開する。

最初に彼が言っていた通り、この家は広すぎた。セレブ、と呼ばれるようなお客様も過去にはたくさんいたけれど、ひとり暮らしでこれほど大きなお屋敷は見たことがない。

一階が洋室ひと部屋に和室がひと部屋、リビング、書斎、応接室、サンルーム、キッチン、パントリー、ランドリールーム、洗面脱衣所に浴室、トイレ。

二階はすべて十帖以上の洋室が四部屋と、洗面つきの大きなトイレとパウダールーム。

納戸は一、二階合わせて四つもある。

今朝すべての掃除が終わらなかったのは、この広さのせいだ。彼が出かけてすぐに二階から取りかかるものの、半分ほど掃除し終えたところであえなく時間切れとなってしまったのだ。

掃除を担当していた専門業者を解約させてしまった手前、きっちりやらないわけにはいかない。いや、むしろ今まで以上にきれいにしてみせたい。破格の賃金をもらっていることはもちろんだけど、それ以上に、了さんにがっかりされるのは嫌だと思った。

掃除が全部終わったのは、すっかり日も落ちた頃。

朝から晩まで動きっぱなしで、心身ともにクタクタだ。しかし、ゆっくり座っている暇なんてないと、気合を入れてキッチンに立つ。

今日の夕食は、昼間買ってきた食材を使って和食にすることにした。

油揚げと根菜（こんさい）たっぷりのお味噌汁、金目鯛（きんめだい）の煮つけ、牛肉のアスパラ巻き、それから、京都のおばんざい風に薄味で炊（た）いた煮物。

味浸（あじし）みが肝となる煮物は、掃除をしながら早めに作って冷ましておいた。その他はできたてがおいしいので、了さんが帰ってくる直前に。

今朝、和食を食べたそうにしてたから、喜んでくれるといいな、と思う。

すべての調理が終わり、テーブルセッティングもすんだので、了さんを待つあいだ洗い物をする。七時過ぎには帰ってくるということだから、きっともうすぐだろう。

ほとんどが外食だと言っていた割には、この家には洋食器も和食器もひと通り揃えてあった。

食器棚の中には、ブランドもののお皿やグラスばかりが収められている。どれもカジュアルなラインではなく、あくまでも高級路線だ。星見家のキッチンには当然食洗機があるけれど、傷がつくとまずいので、私はぬるま湯で手洗いしようと決めていた。

今は、サイドボードの奥の方にあった切子（きりこ）のグラスを洗っている。

ボルドー色と深い青色をした、とても繊細で優美なデザインのペアグラス。あまりにもホコリだらけだったので、かわいそうになり洗うことにしたのだ。

「ただいま」

「ひゃ！」

洗い物に没頭していたら、突然耳の後ろで声がして飛び上がった。振り返れば、頭ひとつ分高い位置に、端整な顔がある。

「了さん……いつの間に！　お、お帰りなさい」

「キッチンにいるのが見えたから、驚かそうと思って静かに入ってきたんだよ。外から丸見えだよ、奥さん」

「えっ」

急いで手を洗ってリビングを振り返った。

……しまった！　外は真っ暗だというのに、カーテンを開け放ったままだ。

「すみません。今すぐにカーテン引きます！」

慌てて手を拭いて、キッチンを飛び出そうとした。が、後ろから腰に手が回り、グッと引き戻されてしまう。そのまま抱きすくめられ、彼の匂いがふわりと香った。

「あとでいいよ。見られて困るものはない」

「そっ、そうですか!?」

このいちゃついてる姿は見られてもいいんですかね？

「菜のか」

彼の鼻先が髪を押しのけて、うなじを嗅ぎ回る。くすぐったくて変な声が出てしまう。

もしかして、夕飯そっちのけでベッドへ連れこもう、ということだろうか。

「明かりのついてる家に帰ってくるっていうのは、いいもんだな。君はふわふわで柔らかくて、いい匂いがする」

「ふぁっ……ちょっと待ってください。夕飯が冷めちゃいますっ」

「ちょっとだけだから」

そろそろと手が滑り下りていき、お尻の丸みを撫でさすった。耳たぶにキスが落ちる。

不埒な指先は太腿をくすぐり、脚のあいだを探り始める。

「了さ――あっ、あ……っ、じゃ、せめてカーテンを引きましょうよ。ね？」

「あと五分」

「そんな、寝起きの悪い子供みたいなこと言って……！」

もがけばもがくほど、抱きすくめる力は強くなる一方だ。まるで動くと締まる忍者の縄のように。

ところが、お腹に回された腕が突然フッと緩んだ。不思議に思って振り返ると、彼は水きりマットの上に置かれた切子のグラスを凝視している。

「了……さん？」

彼の横顔は、たった今まで甘い言葉を囁いていたと思えないほど冷えていた。わずかに寄った眉に、引き結んだ唇。

もしかして、怒ってる？

……なんだろう。何かとてもいけないことをしてしまったような気がする。

彼は切子のグラスを取って、ゆっくりと手の中で回した。

「これ、サイドボードの中にあったやつ？」

「……はい。奥の方にあって、その、ホコリを被っているようだったので。あの──」

「これは洗わなくていいんだ。使うものじゃないから」

私の横をすり抜けると、彼はグラスを持ったままキッチンを出ていった。ダイニングテーブルにタオルを広げ、切子をそこへ伏せる。

「あの……ごめんなさい。勝手なことを」

「いや、いいんだ。君に教えなかった俺が悪い」

彼は窓際まで行ってカーテンを閉めた。ソファに腰かけると、さっきまでの表情とは一転、にっこり微笑んで私を見る。

「おいで」

手招きされて、隣に座った。その私の腰を、彼はとろけるような優しい笑みを浮かべて抱き寄せる。

「今日はどうだった？　忙しかったろう？」

「はい。エステとネイルと、その他と……一応指示されたところには全部行ってきました。教習所は申し込みだけしてきたので、金曜から通います」

「そうか。……うん、今日一日で見違えるようにきれいになった。シンプルなネイルも君によく似合ってる」

了さんは私の頬に手を当て、こっちが恥ずかしくなるほどうっとりと眺めてくる。

彼が眼鏡を外して、ローテーブルに置いた。顎(あご)に指がかかる。瞼(まぶた)を閉じるとすぐに、ふ、とあたたかな吐息がかかった。

と、そこで。

あろうことか、ぐう、と私のお腹が鳴ってしまった。それでも了さんは口づけをやめない。

だけどその後もお腹の虫は鳴き続ける。ついに彼は、唇を触れ合わせたまますくす笑い出した。

「ごっ、ごめんなさい……。私、お昼食べてなくて」

「いや、いいんだ。ここは君の家なんだから、ありのままを見せればいい。忙しくさせた上にお預けを食らわせて悪かった。じゃ、夕食にしようか。さっきから堪らない匂いがして、俺のお腹も鳴りそうだ」

彼は私をもう一度優しく抱きしめ、頭を撫でてくれた。そのぬくもりに、キュン、と胸がときめく。

食事を温めながら、私は切子の件を思い返していた。

さっきの彼の表情――あれは一体なんだったのだろう。

＊

「ええっ、住み込み⁉」

「しっ。中惣さん、声が大きいです！」

「大丈夫だよ。美奈ちゃんはパーテーションの向こうで電話中なんだから。もしかして、その格好も星見さんのプロデュースなの？　随分お金がかかって――はっ。まさか……愛人？」

「ちがっ――」

ビシッ、と中惣さんの胸に水平チョップを叩き込めば、彼は盛大に咳き込んだ。

星見邸に住み込んでから三週間が経ったある日の午後、私はサンジェクスの事務所を訪れていた。

毎日の報告はメールでしていたけれど、中惣さんと美奈ちゃんに顔を合わせるのは久しぶりだ。ちょっとご無沙汰で、そしてだいぶ気恥ずかしい。ふたりとも私の変貌ぶりに驚いている。

思えば、暇があれば事務所に顔を出していた頃とは生活がガラリと変わっていた。

毎週月、水、金は自動車免許取得に向けて教習所の日。

土日は了さんとスポーツジム。

火曜日と木曜日は、ネイルとフェイシャルエステとブラジリアンワックス――例のパンフレットにあったアンダーヘアのお手入れ――をそれぞれのタイミングで。

毎朝彼を送り出したあとは、食事のあと片づけと洗濯と掃除を急いですませ、電車に乗ってあちこちへ行く。帰ったら買い物と夕食の支度。

食事と洗濯はふたり分だけど、あの広い星見邸を毎日ピカピカに掃除するのは正直言って大変だ。最初に『覚悟はあるのか』と聞かれた意味が今になってわかったというか……

しかし、こんなに毎日忙しく出かけるなんて想定外のことだから仕方がない。かといって、仕事の手を抜くことは私のプライドが許さない。こうなったらすべてのタスクを完璧にこなす所存である——ということで、この三週間は怒涛の日々だった。

その忙しい合間を縫ってここへやってきたのは、中惣社長にたってのお願いがあったからだ。

星見邸に住み込んでいるあいだ、私のアパートはもぬけの殻。家賃六万円の安アパートとはいえ、ただの荷物置き場としてお金をドブに捨てるのは、もったいないと私は思うのだ。

「で、アパートを引き払いたいから会社の倉庫で荷物を預かってほしいってことか。それは構わないけどさ」

と、彼は眉を八の字に寄せて私の顔を覗き込む。

「菜っちゃんがあの手の遊んでそうな男とひとつ屋根の下で暮らしているなんて、俺は心配でならないよ。まさかとは思うけど、星見さんに嫌なことされてないか?」

どうなんだ、と迫る眼差しに見透かされているようで、いたたまれなくなった。

中惣さんは大人だから、若い男女が同居していたら何があるかなんて、すべてお見通しなんだろう。

頬が赤く染まるのを感じながら、それでも「いいえ」と首を振った。

確かに了さんには毎晩のように襲われるけど、嫌なこと、というのとはちょっと違う。

でも、中惣さんが心配するのもよくわかった。何せ中惣さんは高校を出てすぐに働き出した私にとって、親代わりのような人なのだから。

中惣さんは私だけじゃなく、誰にでも、いつでも優しい。だからこそ、私は嘘を吐いていられず、了さんに口止めされた住み込みのことを打ち明けたのだ。

「あの……黙っててごめんなさい。いつか正式に契約を交わして、私が個人的に受け取っているお金も会社に入るようにしますから」

「いや、いいよ。君にはいつもいろいろと助けてもらってるから、それは個人的な依頼ということで処理してもらって構わない。ただし、確定申告はきちんとするんだよ。いいね」

少し不安そうなものを笑顔に漂わせたまま、中惣さんは私の肩を優しく叩いた。

これまでもいろいろと助けてもらったのは私の方だというのに、やっぱり彼は人が好すぎる。こんな調子だから、利用料だってよく踏み倒されるっていうのに……困ったもんだ。

私たちがパーテーションの奥から出てくるのと同時に、事務所のドアが叩かれた。美奈ちゃんは発注業者からかかってきた電話の応対中だったので、私が慌てて向かう。

「はーい、ただいま――」

とドアを開けた瞬間、目の前にいた男性の姿に心臓が口から飛び出すかと思った。

「了さん！　どうしてここに⁉」

あなた今日は名古屋へ泊まりで出張だと言って、朝七時に出かけていきませんでしたっけ？

「やあ、奇遇だね」

今朝私が結んだボルドー色のネクタイを弄りながら、了さんは事務所へ入ってきた。小柄な中惣さんと今まで話していたせいか、目の前に立ちはだかる大きな身体に、ものすごい圧迫感を感じる。

「名古屋へは行ってないんですか？」

「それがさ、参ったよ。新幹線に乗ったらすぐに先方からキャンセルの電話が入ってね。お陰で新横浜でとんぼ返りして、途中物件をいくつか見てきた。君は？」

「教習所の帰りです」

「そうか。第一段階のみきわめって言ってたっけ。で？　合格した？」

「……聞かないでください」

それは紛れもなく、本日ワーストワンのできごとだ。一気に奈落の底へと突き落とされた私の顔を見て、了さんはくすくすと笑った。

「それは失礼。じゃ、今夜はやけ食いといこうか。大丈夫、時間はたっぷりあるよ。気にするな」

と、いきなり腰に手を回して来ようとするので、全力で阻止した。

彼が非常にラグジュアリーなイケメンであることは認めざるを得ないが、ここは私の職場だ。オイタは許さない。

彼は両手をホールドアップして、楽しそうに笑いながら事務所の奥へと進んだ。そして、少し離れて様子を窺(うかが)っていた中惣さんに対し、やや大げさに精力的な声を張る。

「中惣さん、お久しぶりです」

「こ、これは星見社長、ようこそお越しくださいました。あのー……今日は、どういったご用件で……？」

「嫌だな、取り立てにやってきたわけじゃないですよ。近くまで来たので立ち寄らせていただいただけです」

「なんだ、よかった……！」

あからさまにホッとした様子の中惣さんの顔を見届けて、私は給湯室に入った。ドアの向こうで、仕事の状況を尋ねる了さんと、ぼちぼちだと不景気そうに答える中惣さんの声がする。

ふたり分のお茶を用意しているところへ、美奈ちゃんがこそこそと入ってきた。

「ちょっとちょっと、なんなんですかあのイケメン！　超ヤバイんですけどーー！」

「あの人が星見さんだよ」

「あれが？　ホントに⁉　なんか、メッチャ女慣れしてそう！」

と、乾いた笑いを浮かべつつも、心の中では『はいその通り』と頷いてみる。

私自身、時と場所を選ばずにエスコートとスキンシップを繰り返す彼の態度には、未だに戸惑いっぱなしの毎日だ。今までに一体何人の女を泣かせてきたのやら。いくら遊びの関係だとわかっていても、あんなに優しくされたら勘違いしちゃう女の子もいるだろうに。

でも、私は割り切ってるから大丈夫。……いや、大丈夫だと思いたい、のかもしれない。この先も、ずっと。

応接スペースにいる了さんと中惣さんの前にお茶を置いた。給湯室へ戻ると、美奈ちゃんがまだいる。いる、というより、私を待っていたようだ。小鳥の柄のマグカップに入れたお茶を私に手渡しながらも、早く話をしたそうにウズウズしている。

「……あの、星見さんとふたりっきりになることとか、あるんですか？」

来たよ、予想通り。

しかし美奈ちゃんは、私が了さんの家で一緒に暮らしているとは知らない。

「ま、まあたまにだけどね」

「たまに!?　たまにふたりきりになったら一体何話すんですか？　何するんですか!?」

「えっと、お茶を飲んだり、たわいもない話をしたり……とか？」


「はは……そうかなあ」

ヤバイヤバイ、それ以上質問しないで。顔が熱くなっちゃうから！

そんな私の顔を、美奈ちゃんがまじまじと見る。そして、ふう、と息をつくとお茶をひと口啜った。

「……とかなんとか言っちゃって、菜のかさん、嘘吐いてますね。だって、ものすごくきれいになったもん。仕草まで落ち着いちゃったし、なんかもう星見さんの……奥さん、って感じ？」

「やっ、やだなあ。ほら、私ももう二十六だし。大人になっただけだよ！」

「肉体的に？」

ブフォ、とお茶を噴きそうになった。

「ちょっ、何言ってんの、美奈ちゃんてば！」

「またまたー、ふたりきりのときは『菜のか』なんて、呼び捨てにされちゃってるんじゃないですかぁ？」

と、そこへ「それではまた」という了さんの声がした。私と美奈ちゃんは慌ててカップを置き、給湯室を飛び出す。

スーツのボタンを留めながら歩いてきた彼は、私の姿を認めると、にこっと微笑んだ。

「じゃ、帰ろうか。菜のか」

すぐ後ろで、美奈ちゃんがひゅっ、と息を吸い込むのがわかった。

もう、どうしてこのタイミングで名前を呼ぶかなあ！

ふたりに挨拶（あいさつ）をして、サンジェクスの事務所を出た。ところが、廊下を数歩進んだところで「菜っちゃん、ちょっと」と、中惣さんに呼び止められる。

私の腕を引っ張って、彼は了さんから距離を取った。珍しく神妙な面持（おもも）ちだ。

「あの。あのさ、やっぱりちょっと気になっちゃって。……菜っちゃん、本当に大丈夫？　あの様子だと、彼、君に惚れてるだろ？」

「……は？」

——了さんが私に惚れてる？

カッ、と全身に火がついたように熱くなった。みるみるうちに顔に血がのぼっていくのを感じながらも、戸惑いのあまり口元が笑ってしまう。一体どこをどう勘違いすれば、そんな考えに至るのだろうか。

「俺は同性だからさ、目つきでわかるんだよ。菜っちゃんはかわいいし、それに、嫌と言えないタイプだろう？　……ああ、心配だなあ」

「だ、大丈夫ですよ。私ももういい歳した大人なんですから。いざとなったら、こう、バシッと！」

グーパンチの真似をする私を見て、中惣さんの眉尻はますます下がった。肩越しにチラ、と了さんの方を一瞥して、彼は私の二の腕に触れた。
「わかった。けど、本当に気をつけるんだよ。もし何かあったら俺に言って」

はい、と頷くと同時に、後ろから手首を掴まれた。

「行くよ」

いつの間にか後ろに立っていた了さんに、少々無理やり手を引かれて歩き出す。

もう一度振り返って中惣さんに手を振ると、彼はにこっと笑って同じように手を振ってくれた。けれど、その直前に了さんの後ろ姿を睨みつけていたのを、私は見逃さなかった。

中惣さんでもあんな顔するんだ。私たちの前ではいつだってへらへらしてばかりなのに。

リノリウム張りの廊下を、ふたり無言でゆっくりと歩く。が、角を曲がった瞬間、その沈黙が破られた。

「中惣さんと何を話してた?」

「えっ」

これまで聞いたこともない硬い声に、思わず了さんの横顔を見上げた。前を見たまま歩き続ける彼の目は吊り上がっている。

「あー……っと、次のお給料が二、三日遅れそうって話です。うちの会社じゃよくあるんですよねえ」

「彼とはどういう関係？」

……は？　いきなり何を言うんだろう。

ちょっとムッとして睨みつけると、眼鏡の中の冷たい眼差しが私を見詰め返してきた。

「どうもこうも、雇用者と被雇用者の関係ですよ」

「ふうん」

「……なんですか？」

「いや、疲れた顔をしてるな、と思ってね。そういうときは無理をしない方がいい」

「疲れた顔をしてるのは、単に忙しいからです」

エレベーターホールに着いて、下に行くボタンを押した。隣で彼が深いため息を吐く。

「意地を張らずに、掃除は業者に任せればいい。女の子なんだから、そんなに一生懸命働く必要もないだろう？」

その言いぐさに思わずカチン、ときた。

「女だとか男だとか、そんなの関係ないじゃないですか。仕事がないのなら、私は了さんのお宅にいる必要はありませんね」

しまった、と思ったときにはあとの祭りだった。売り言葉に買い言葉とはいえ、いくらなんでも言いすぎだ。彼はただ、私のことを気遣ってそう言っただけのはずなのに。

銀色の扉にぼんやりと映るのは、髪をかき上げて重たい息を吐く了さんの姿だ。彼はズボンのポケットに両手を突っ込んで、顔を下に向けた。

「君は……どうしてそんなに一生懸命働くの？」

「さあ」

「……中惣さんのため？」

「それもあるかもしれません」

ちょうどエレベーターがやってきて、私たちはそれに乗り込んだ。

階数を示す光が点滅しながら移動していくのを、私はただじっと眺めていた。気まずい沈黙を打ち破ることができそうな言葉は、何ひとつ浮かばない。

――どうしてあんな言い方をしてしまったんだろう。本当は喧嘩なんかしたくないのに。迎えに来てくれて嬉しかったのに。

謝ってしまおうか、ともじもじとバッグについた金具を弄(いじ)っていると、「ごめん」という声が聞こえた。

驚いて顔を上げた途端、大きな腕が私をきつく包み込む。

「菜のか……いなくならないでくれ」

「はい!?　……えっ、あっ、あの――」

突然どうしちゃったの……!?

予想外の展開にただ戸惑っていれば、素早く眼鏡を外した彼に唇を奪われた。

「んっ……う、んん……っ」

うなじをかき回す大きな手。荒々しい息遣いと、押しつけられる厚い胸。

吐息まじりの彼の舌に、口の内側の粘膜がひりひりするほど強く擦(こす)られる。

もっと深く、もっと熱く。

欲望にかられるあまり、時折歯がぶつかる。

吐息が重なり、つらつらと唾液が流れ込む。

今までにない激しい口づけに、すぐに意識がとろけ始めた。捻(ね)じ込まれた舌は、私の舌をどこまでも追い求める。まるで「行くな」と言っているように――

二階です、という機械的な音声が流れ、エレベーターの扉が開いた。が、私はそんな中途半端なフロアのボタンを押した覚えはない。困惑していると、了さんが私を抱きすくめたまま引きずるようにエレベーターから降ろした。

「きゃっ」

「このままここで、君を抱く」

向かいの壁に私の身体を乱暴に押しつけて、彼は言った。

欲望に濡れた、野獣みたいな目つき。

思わず身体が震えたのは、恐怖を感じたからじゃない。むしろ嬉しさのあまり、全身の肌が一斉に粟立ったからだ。

認めたくはなかった。でもやっぱり、認めざるを得ない。

私は了さんに惹かれている。自分が思っているよりも、たぶん、ずっと強く。

私の身体を冷えた壁に押しつけたまま、了さんは口づけを再開した。彼は私の唇を、舌を、まるで熟れた果実のように貪る。

スカートの中に、熱い手が忍び込んできた。力強く性急な手つきでショーツを剥ぎ取られ、潤んだ谷間に直に指が触れる。

「んっ、んぅう……っ！」

びりっ、と稲妻のような刺激が走った。彼の指先は滑らかにS字を描くようにうごめいて、私の敏感な場所に強烈な快感を刻みつける。

脚が震えてまるで力が入らなかった。背中を壁に預けていなかったら、立っていられないくらいに。

「ん、あ……っ、人が、来ちゃう」

「二階は全フロア空きテナントだよ」

「えっ……？」

「このビルに入るとき確認した」

用意周到、というほかに言葉が浮かばなかった。

どんな顔でそれを言うのかと見てみれば、彼はいつもと同じ、色気に満ちた隙のないイケメンに戻っている。

「だから、いくら声を出しても大丈夫だ。聞きたい。菜のかの、感じてる声」

了さんはスーツのジャケットを脱ぎ捨て、シャツとベストだけになった。そして私の目の前に膝立ちになると、スカートをまくり上げてショーツのサイドにあるリボンを解く。

「りょ、了さん、何を……!?」

「ん? いいこと」

彼は低い声で呟いて、官能的な唇から舌を覗かせた。

「ああっ……ん……!」

舌先が私の秘所にある花芽に触れた瞬間、ぞくぞくっ、と足元から快感が駆け上がった。全身が震えてよろめきそうになるのをなんとか堪(こら)える。

「だ、だめ……っ。ふ、う……シャワーも浴びてないのに、汚いですからっ……!」

「君の身体に汚いところなんてないよ」

「そんな、や……だめぇ。はぁん……」

駆け上がる快感に、たちまち力が抜ける。それに引き剥(は)がそうにも、この体格差では敵(かな)いっこない。

卑猥な水音を立てながら、了さんは私の秘所を執拗に攻めた。次第に頭がぼうっとしてきて、思考がまとまらなくなっていく。

オフィスビルには似つかわしくない声が、私の唇から次々と零れていった。

「はぁっ、あん……や、見ないで」

下から了さんが私を見上げて言う。

「菜のか、いい顔」

「ああ、顔を隠すのは無しだ」

手を持ち上げようとした途端に捕らえられた。

「……んッ……！　了さんの……っ、いじ、わる」

「君はそろそろ黙った方がいい」

「だめ、黙ったらいっちゃうっ……」

「いいね、それ。ぞくぞくする。いいよ、いっても」

言うが早いか、うっ血した胎内に、ぬちり、と指が捻じ込まれた。

「あっ……、ああん……っ」

その動きはまるで熟練した職人のようだった。とめどなく溢れる蜜を塗りつけるように、小刻みに、丁寧に、彼は秘所の前面の壁を、絶妙な力加減で撫でる。

気持ちがよすぎて、膝ががくがくと震えた。

もう立っていられない。

激しく喘(あえ)ぎながら、爪が食い込むほど強く彼の肩を握った。

「あっ、あ、あ……いっちゃう、いっちゃう」

だめ、こんなところで……！

そう思っても、もう止められなかった。膨れ上がった快楽の波が一気に押し寄せ、私をあっけなくのみ込む。

「はあ……！　はあっ、了さん……っ」

覆い被さるように腰を折ると、すっ、と立ち上がった彼に強く抱きしめられた。

「菜のかはかわいいな。このまま連れて帰って朝まで抱きたい」

下腹部に硬く漲(みなぎ)った中心が押し当てられる。彼はズボンのファスナーを下ろすと、ずぶずぶに濡れた私の太腿のあいだに、屹立したものを捻(ね)じ込んだ。

「はあ、う……はんっ……」

張り詰めた硬い先端が、ゆっくりと前後に行き来した。達したばかりの私のそこはぷっくりと膨れていて、彼の凹凸(おうとつ)の形までをも敏感に感じ取る。

絡み合う吐息に合わせて、くちゅっ、くちゅっ、と淫(みだ)らな音が脚のあいだから立ちのぼった。そのたびに、次々と新たな蜜(みつ)が零れていくのがわかる。谷間を苛(さいな)む彼の滾(たぎ)りが、次第に質量を増していく。

早くあなたが欲しい。

口には出せないけれど、胸の中はやるせない思いで壊れそうだった。すっかりとろけきった蜜園は、忍び寄る訪問者を今か今かと待ち望んでいる。

ところが。

荒い息を吐きながら、彼は呟いた。

「……大変だ。ゴムがない」

「えっ……」

確かに、彼は出張に出かけようとしていたのだから、避妊具を持ち合わせていないのも不思議ではない。それでも、ふたりとも後戻りできないくらいに準備が整ってしまっている。

こういう場合、一体どうしたらいいんだろう。ドロドロに溶けた頭で考えて、そして思い出した。

床に落としたバッグを拾い、その中からおずおずと小さな箱を取り出す。驚きに目を見開く彼。その視線が痛くて、ちょっと俯(うつむ)いた。

「どうして持ってるの？」

「あの……ちょうど切れそうだったので、さっき駅前のドラッグストアで……」

口ごもりながらますます下を向いた。まるでこうなることを予期していたみたいで、ものすごく恥ずかしい。

「ナイスタイミング」

そう言って彼は、箱の中からひとつ取り出し、パッケージを歯で破いた。私の脚のあいだから引き抜いたものに手早く装着しながら、耳元で囁(ささや)く。

「有能だな。秘書にしようか」

「……もう」

俯(うつむ)き加減でたしなめた唇を、濡れた彼の唇で塞(ふさ)がれた。

すぐに激しく呼吸が絡み合う。

口の中でまざり合った唾液が、ふたりの舌を繋(つな)ぐ。

私の片脚を軽々と持ち上げた彼は、昂(たかぶ)った中心を濡れた入り口に押しつけた。

「いくよ」

「んっ」

期待に熱くなった血が全身を駆け巡る。

彼の家で暮らし始めて三週間、もう幾度も身体を重ねてきたけれど、こんな風に感じたのは初めてのことだ。嬉しい反面、少々戸惑ってしまう。

燃え上がる気持ちの中にひと握りの不安が渦巻くのはなぜだろう。そのことの意味を知るのが怖くて、慌てて思考に蓋(ふた)をする。

「あ、んんっ――」

強い圧力とともに、張り詰めたものが内部に侵入してきた。狭い蜜洞をめきめきと押し広げていき、やがてそれは一番奥の壁にたどり着く。

深く密着できた喜びに、身体が震えた。

あとにして思えば、この日は最初から何かが違っていた。

力強く突き上げられるたび、今までとは段違いの快感と幸福感が私を包み込む。

彼の髪の匂いも。

首筋にかかる吐息も。

立ちのぼるコロンの香りさえも――すべてが愛おしかった。

彼が力強く律動する。そして入り口近くの感じやすいところをねっとりと撫で、襞の脇を探り、最奥の壁を何度も丁寧に突く。

やがて、言い表せないもどかしさがじわじわと下半身を侵し始め、震えと喘ぎが止まらなくなった。

もう十月も下旬だというのにふたりとも汗だくで、頬は燃えるように真っ赤だ。

「あ、あ……了さんッ、わたし、もう――」

「いきそう?」

「うん……っ」

「じゃ、一緒にいこうか」

そう言うと彼は、既に探り当てていた、私が一番感じるポイントに的を絞り、そこばかりを執拗(しつよう)に攻めてきた。

ただでさえきつく感じる隘路(あいろ)に、更に怒張を続ける欲望の塊。

熱い吐息が絡み合う。

最後はまた激しく口づけを交わしながら、私たちは一緒に昇りつめた。


ビルの外に出ると、目の前の道路に了さんの黒い車が停まっていた。

運転席では、鷹山さんが新聞を広げている。私たちの姿を認めて降りてこようとするのを、了さんが手を上げて制した。

「どうぞ、奥さん」

彼は後部座席のドアを開けて、ハイヤーの運転手がするように天井を手でガードしながら、私を車内へ送る。

そして自身のスーツの一番下のボタンを外し、後部座席に乗り込んだ。

「自宅に向かってくれ」

「かしこまりました」

車が動き出すと、私は自分から彼の手に指を伸ばした。それに気づいた彼が、私を見詰めながら恋人繋ぎに繋いでくれる。

できることなら手を繋ぐだけじゃなく、このまま抱きしめてほしかった。

──たった今、事を終えたばかりだというのに、こんなにも彼に触れていたいなんて。

この感覚は危ない──それは自分でもよくわかっていた。けれど、内側から溢れ出る彼への愛しさと、始まってしまった恋の酩酊に今はただひたりたい。

バックミラー越しにこちらを見ている鷹山さんの視線に気づかぬふりをして、私は彼の逞しい肩に頭を預けた。

3　もつれた糸

畳半帖にも満たない玄関に立ち、私は今、懐かしい空気を味わっていた。

パイン材のチェストにカラーボックス、ガラスのローテーブルにスチールラックと──カーペットの半分を覆うのは、ホームセンターで揃えた安物の家具だ。なんの変哲もない白いビニールクロスの壁には、古いエアコンから伸びたダクトが見苦しく露出している。

ここは私の愛すべき六帖間、八年前から借りているワンルームのアパートである。サンジェクスの倉庫に荷物を預けてここを引き払うため、今日は朝から片づけをしようとやってきたのだ。

久しぶりのマイルームは、高級家具で統一された星見邸と比べると、恐ろしいほど狭くチープに見えた。しかし、そこはさすがに長年暮らした我が城である。生活感溢れる内装も、しみこんだ記憶も、すぐに私を柔らかく包み込む。

今日はとてもいい天気になった。予報によれば東京は終日晴れ、降水確率0％と、これ以上ないお掃除日和である。

千葉市のラブホテル――了さん曰く、いい利回り物件になるらしい――を見に行った彼は帰りが遅くなると言っていた。それならば、ゆっくり作業に勤しめる。……と、思っていたけれど。

「あいた！　……いたたた」

靴を脱ごうとした瞬間、腰にぴりっと痛みが走った。

今日の私は、肉体的には絶好調とはいかないようだ。ちょっと身をかがめただけで腰痛に襲われるし、全身が怠いし、やたらと眠いし。

そう、これはちょっと嬉し恥ずかしな身体的悲鳴なのだ。その理由は、昨日の晩にさかのぼる。

サンジェクスを出たあと昼食をとり、自宅に到着したのは日が西に傾きかけた頃だった。

玄関に入るなり、了さんは私の唇を激しく求めてきた。車に乗っているあいだ、ずっと我慢していた、とでもいうように。

ベッドまで連れていかれてからは、夕食のことは考えもしなかった。空腹なんて感じた記憶すらない。ベッドから下りるのは水分補給のときだけで、しまいにはその時間すらも惜しくなった。

『これで離れなくてすむ』

そう言って彼は、どこからか持ってきた小型の冷蔵庫をベッドサイドに置く。

とろけるように甘い蜜戯は、ひと晩じゅう続いた。私の身体は渇くことを忘れ、彼の身体は冷めることを知らず――

『菜のか、俺……もう持たない』

『なあ、頼む。俺と一緒に……ッ』

『う……、菜のか、菜のか……っ』

あんなに情熱的に乱れる彼は初めて見た。

普段は行為のあいだも余裕たっぷりなのに、昨夜はすっかり余裕をなくして、汗だくになって私の名前を連呼するなんて。

……だめだ、昨夜のことを思い出すだけで顔がニヤニヤしちゃう！

今日ここに来ることは、彼にはもちろん内緒だ。話したら、「君の荷物は使ってない客間に置くといい」と言うに決まっている。

家電製品やタンスはともかく、私のあまりにも個人的な私物――中学校の卒業アルバムとか、ちょっとエッチな漫画とか――を見られるなんて、想像するだけでゾッとする。

「さて、ゆっくりもしてられないから、やっちゃおうかな」

私は腕まくりをして、あまり腰に負担がかからないようゆっくりと玄関で靴を脱いだ。

半月ものあいだ放置された部屋は、玄関ドアを開けた途端どことなく埃臭かった。ちょっと下水の臭いもする。

これまでは毎朝簡単な掃除をしてから仕事に向かっていたけれど、一〇〇万円を返しに行ったはずの星見邸でそのまま住み込みを始めてしまったため、そこからしばらく何もできなかったのだ。その間に、パイプに溜まった水が腐敗したらしい。

少し建てつけの悪い巻き上げ式のシャッターを開け、窓を全開にする。そして、排水口に漂白剤を撒いた。換気扇を回したのでちょっとだけ肌寒いけれど、片づけをしているうちに身体もあたたまってくるだろう。

ここはキッチンを含めてたった六帖の狭い部屋だけど、さすがに八年近くも住んでいるとそれなりに荷物は増える。

大きな家財道具は、冷蔵庫、洗濯機、チェスト、本棚、電子レンジ、といったところだ。カーペットの上に直接布団を敷いていたので、ベッドはない。サンジェクスの倉庫に無償で置かせてもらう以上、できるだけ不要なものは捨てていこうと思っている。

まずは玄関まわりから攻めていこう、と靴入れを開けると、背後でチャイムが鳴った。

「はーい」

ここは古いアパートだから、星見邸のようなインターホンはない。アナログで返事をすると、「こんにちはー」と聞き慣れた声が――

「中惣さん？　早くないですか⁉」

玄関のドアを開けると、引っ越し業者のような出で立ちをした中惣さんが、にこにこして立っていた。紺色のつなぎに軍手をはめて、額（ひたい）にはサンジェクスのロゴ入りタオルを巻いている。タオルは年始の挨拶（あいさつ）に配ったときの余りだ。

「菜っちゃんひとりじゃ大変かと思ってさ。どうせ暇だし」

「暇、の方がメインでしょう？　私もまだ来たばっかりですよ。なんにも片づいてませんてば」

中惣さんには、大きな荷物や段ボールを倉庫に運び入れるのを手伝ってもらう予定だった。けれど、当然その準備などできているはずがない。

「いいからいいから。重たいもの持つのとか大変だろう？　男手があった方が何かと助かるよ」

そう言って、ＯＫも出していないのに彼は勝手にスニーカーを脱ぎ始める。

「ちょっと待って中惣さん。年頃の女の部屋に勝手に上がり込むなんて」

「何言ってんだよ、今さら。それとも、見られたら困るものでも転がってるの？」

「そっ、それは――」

まあ、エッチな小説とかエロ漫画の類とかはなきにしもあらずですが……

と、もじもじしているうちに、彼はさっさと部屋に上がり込んでしまった。

なんということだろう。いくら無害なオジサンとはいえ、妙齢の女の部屋に勝手に入るとは不届きな。

「で、どこから手つける？」

無邪気にも両手を広げて張り切るオジサン。

その顔を見たら、無下にもできなくなってしまった。彼はただただ、親切心でやっているだけなのだ。

それに元々この部屋は、中惣さんが知り合いの不動産屋さんから借りてくれた物件だ。家賃も半分は会社が負担してくれている。もしかしたら、彼にしてみれば半分社員寮のような感覚なのかもしれない。

……仕方がない。ここはありがたく受け入れることにしよう。

ただし、玄関のドアも窓もフルオープンのままだ。

いくら相手が中惣さんとはいえ、男性とふたりきりで部屋にいるのは、なんとなく了さんに申し訳ない気がする。別に好きだと言われたわけじゃないし、恋人でもなんでもないけど。

「じゃ、とりあえず私が不要なものを処分するので、中惣さんはちょっと待っててください。必要なときに呼びますので」

「イエッサー」

彼はおどけた風に敬礼をして、窓枠に腰かけた。ちょうど腰くらいの高さなので、いい椅子代わりだ。

ただ待つだけというのも退屈だろうとテレビをつけると、賑やかなタレントの声が溢れ出す。

玄関に戻った私は、早速下駄箱の中に眠っていた箱を順々に引っ張り出した。

またいつか履こう、と思っていたパンプスに、履き古したブーツ。どれも思い入れはあるけれど、やっぱり了さんが買ってくれたブランド品と比べると見劣りする。

以前の私だったらとても捨てられなかっただろう。罪悪感を覚えつつも、指定のゴミ袋にそれらを次々に突っ込んでいく。

「いいとこだな」

窓の外を見ていた中惣さんが、ポツリと言った。視界の端でペットボトルのお茶を啜っている彼は、縁側でくつろぐお爺ちゃんみたいだ。

「ですよね。生活感があるところがまた、とてもいいと思ってるんです」

「うん。ごちゃごちゃしてるのがいい」

ずー、とまたお茶を啜る音。

都心に近いのにどこか昭和時代の雰囲気を残すこのあたりは、若い人がひとり暮らしをするにも人気のエリアだ。

車二台がやっとすれ違えるほどの狭い道路と、区画整理なんてされていない入り組んだ路地。

駅からの道のりには、古ぼけたトタンの外壁のアパートと、瓦を葺いた昔ながらの一戸建てがひしめいている。

整然とした街路に豪邸ばかりが建ち並ぶ高級住宅街もいいけれど、人々の生活がダイレクトに感じられるこういう土地の方が、私は好きだ。

中惣さんは窓枠から立ち上がって、私がいる玄関に向かって歩いてきた。

「星見さんのお屋敷と比べると、ここは随分ショボいだろ?」

「それを言っちゃいけませんよ。それに、住めば都です。ここを借りるときに中惣さん、そう言ったじゃないですか」

「そうだったっけか。覚えてないな。……菜っちゃんももう二十六なんだもんなあ。俺も歳取るはずだよ」

笑いながら後頭部をかく中惣さん。そういえば、彼の頭も随分白髪が増えた。思わずしみじみと見入ってしまう。

私が初めて中惣さんに会ったのは、父の葬儀の日だった。

私の両親と彼は、高校・大学時代の友人だ。アルバイトも一緒という、大の仲良しだったらしい。

母から紹介されたときの第一印象は、今と同じでとにかく優しい人。

中身もその第一印象通りだった中惣さんは、高校入学を目前にして父を亡くした私に、制服代や学費等のすべてを援助してくれた。

更には『田舎じゃ仕事がないだろう』と、卒業と同時に、彼が東京で興していたサンジェクスに就職させてくれた。それが今から八年前のこと。上京するときも、アパートの契約金から当面の生活費まで、何から何まで面倒を見てくれたのだった。

中惣さんがいなかったら、今の私はない。

いつかその恩に報いたいと思い、母への仕送りの傍らコツコツお金を貯めてきた。それが今、ようやく一〇〇万とちょっとになっている。貯金が三〇〇万になったら、まとめて中惣さんに渡すのが私の夢だった。

だから、了さんとの契約は私にとって渡りに船だったのだ。彼にもらった前金の一〇〇万を足して、貯蓄は既に二〇〇万を超えている。だから、あと少し。彼との契約が終わるときには、夢が実現するはず。

「中惣さん。今まで大変お世話になりました」

これまでのことが頭を過り、思わず立ち上がって深く頭を下げていた。

「えっ」

中惣さんが目をまん丸に見開く。

その顔を見て、誤解されていることに気づき、慌てて訂正する。

「やだ、この仕事辞めるわけじゃないですよ」

「なんだ……俺はてっきり星見さんと結婚でも決まったのかと」

「何言ってんですか」

――そうだったら嬉しいんですけどね。

「そういえば、改めてお礼を言ったことなかったな、と思って。いつの日か恩返ししますからね」

「いいんだよ、そんなの」

「だめですよ。中惣さんは人が好すぎます」

「そうかなあ。そういえば、静江さんにもいつもそう言われてたっけ」

照れくさそうに鼻の頭をかく中惣さん。

静江というのは私の母の名前だ。私の両親と、彼と。いつも一緒だった三人が、実は長いこと微妙な三角関係にあったことは母から聞いて知っている。父亡きあと、母と彼が再婚してもよかったのに、と思っていることは内緒だけれど。

「そこが中惣さんのいいところでもありますけどね。さーて、片づけをやっちゃおうかな」

「まったく、菜っちゃんには敵わないよ」

腕まくりをして笑う私の横で、中惣さんは笑いながら靴の空き箱を畳み始めた。照れているところを見ると、何もせずにいるのは耐えられなかったようだ。

──本当にこの人は。

ちょっとお金にだらしなかったり、自分よりも人のことを優先してしまう頼りない経営者だけど、やっぱり憎めない人だ。その彼が大事にしてきたサンジェクスという会社を、なんとしても守らなくちゃ。

私も作業を再開しようとしたところで、スマホに着信があった。了さんからだ。中惣さんと距離をとって、部屋の隅まで行く。

「もしもし。どうしました？」

『やあ。今ちょうど空き時間ができたからさ。菜のか、申し訳ないんだけど、法務局に行って書類を取って来てくれないか？　詳細はあとでメッセージ送るから』

「はい。……えーと、今日中ですよね？」

『うん。夕方五時で閉まっちゃうから、それまでにね』

ホームキョク……？　それってどこだろう。しかも、今日中とは想定外だ。

と、そこへ。

「菜っちゃーん、これどうすればいい？」

中惣さんの大きな声が響いた。

「あっ、了さん、ちょっと待ってください」

慌ててそれだけ言い、通話口を手で押さえる。

「……中惣さん、今電話中です！　それ、そこに置いておいてください」

はーい、と肩を竦めて従う親切オジサン。

「もしもし、ごめんね、了さん」

『誰かいるの……？』

了さんの声が明らかに渋い。

そういえば昨日サンジェクスで会ったとき、彼と中惣さんのふたり、ちょっと変な雰囲気だったな。

「いや、今ちょっと……ホームセンターにいて」

中惣さんと一緒に自分のアパートにいる——そんなことはとても言えなくて、咄嗟にごまかす。

『ふうん……じゃ、ちょうどいい。ギンギンオット聖ドリンクＥＸと、激うす濃密ゼリー〇・〇二ミリＬサイズ買ってきて』

「えっ」

思わず声を上げてしまい、慌てて中惣さんをチラ見した。彼は少し離れた場所で、荷物を詰めるための段ボールを組み立てている。

背を丸めて、通話口を手で囲み声を忍ばせた。

「あのー……その手のブツはまだあったと思うんですけど」

『いいから。復唱して』

……何か、怒っていらっしゃる。

「ギ、ギンギン……オット聖ドリンクＥＸと、……激うす濃密ゼリー〇・〇二ミリＬサイ——」

すぐ後ろに気配を感じて、ハッ、と振り返った。すると間近に、目をまん丸にして私を凝視している中惣さんの姿が。

『もしもし？　菜のか？　おーい』

通話口から洩れる了さんの声。ごまかし切れなくなった私は、慌てて電話をブチ切りした。

帰ったらなんて言い訳しよう。それから、この世の終わりみたいな顔で私を見詰める中惣さんにはなんて——

「菜っちゃん——」

「ほっ、星見さんは、動物と甘いものが好きなんですよ！　オットセイの映画見ながら一緒に激甘のゼリーLサイズを食べようって誘われちゃって……！　あーーっ、そうだ！　中惣さんには先に冷蔵庫と洗濯機運んでもらおうかな！　その方が無駄な時間を過ごさないですむじゃないですか。ほら、私も手伝いますから急いで！」

「う、うん」

ぐいぐいと背中を押して、真っ赤になった顔を隠す。

うまくごまかせたのかどうかはわからない。けれど、中惣さんはそれ以上、つっこんではこなかった。

＊

その晩、了さんは夜十時過ぎに帰ってきた。

静まり返った住宅街に低いエンジン音が唸り、電動ガレージが開く。その音が聞こえるなり、玄関ホールに畏まって待つ私の気分は、高級住宅街にふさわしい貞淑な妻だ。

……貞淑？　貞淑な妻はたとえやましい間柄でなくても、他の男を自分の部屋に上げたりしないものだ。

しかしあれは、引っ越し業者のオジサンだから大丈夫。ガスの点検も水道修理も、業者はノーカンと昔から決まっている。

果たして、彼は昼間のことをどう思っているんだろう。まさかアパートに行っていたとは気づかないだろうけど、突然電話をガチャ切りしてしまったからには何か言い訳を考えなければ。それについては……うーん。

『お隣の奥さんに、ギンギンオット聖ドリンクを手にするところを見られてしまった！』

……よし。これで押し通すとしよう。

磨き上げられた重厚なドアが開いて、了さんが顔を覗かせた。

精力的な顔つきは朝出ていったときのままで、いつもと変わらない様子。今日は自分の車で千葉まで出かけていたはずだから、きっと疲れていると思ったのに。

「おかえりなさい」

「ただいま、菜のか」

電気錠がロックされるなり、大きな腕が私を抱きしめた。普段つけているコロンの香りに、本革シートの匂いがまじっている。

いつもならハグで終了するところなのに、框に上がった彼はそのまま私に口づけてきた。

ちゅ、とそっと重ねるように一度。それから角度を変えて、今度はお互いの唇を啄むようにしてもう一度。

戸惑いながらも、肉厚な彼の唇の感触が心地よくてうっとりと受け入れてしまう。そのうちに彼の方に火がついたらしく、吐息まみれの舌が強引に歯列をこじ開け、するりと口腔内に忍び込んできた。

「ん……ふっ、んん」

熱を持った瑞々しい膨らみが、口内を艶めかしく蹂躙する。そうしながら、彼は私のブラウスのボタンを外し始めた。ひとつ、ふたつ——。よっぽど気が急いているのか、上の数個を外したところで手が奥まで突っ込まれた。その手がブラのフロントホックを外す。

「あふ、あんっ……ちょ、了さんっ」

欲望をむき出しにした熱い手で、零れたバストを強く揉みしだかれる。そうしているうちに、ブラウスのボタンをすべて外された。

首筋を這い回っていた唇が徐々に下りていき、ついにバストの頂を熱い舌がぬるり、と覆う。

「はあっ……あ、あっっ」

じぃん、と全身に甘い痺れが走り、震えが駆け抜けた。思わず彼の腕にしがみつくと、仰け反った背中を太い腕が抱き寄せる。

「……感じちゃった？」

濡れた舌を覗かせながら、斜めに見上げてくる視線にドキッとした。そんなわかり切ったことを聞くなんて、彼は意地悪だ。

答えられず黙った私に視線を合わせたまま、了さんは乳輪に舌を這わせる。時折『ご褒美だぞ』と言わんばかりに、小さな突起が吸い上げられた。

彼の唇が濡れた音を立てるたび、足元からうなじまでをぞくぞくと震えが駆け抜ける。

「了、さん……だめ、こんなとこじゃ」

息も絶え絶えに、ぺしぺしと大きな背中を叩いてみる。すると、彼が顔を上げて

「じゃ、ベッドに行こうか」とセクシーな低音で囁いた。

は？　いきなり……？

上気した端整な顔を見詰めれば、彼は私の膝裏に手を入れて、ひょいっ、と抱き上げた。

「きゃあっ、ちょっと待って！」

足が床から浮き、思わず彼の首にしがみつく。

「ちょ、下ろしてください！」

「胸が柔らかい。最高だ」

「そんなこと言ってる場合じゃないですっ。……ほ、ほら、今日はもう遅いからそういうのはまた今度ということで」

「なんで？」

「なんで、って」

「……今日の昼間、本当はどこに行ってたの？」

きた！

「だから、ホームセンターに」

「中惣さんの声が聞こえた気がしたのは気のせいかな」

う。やっぱり聞こえてたのか……

「……サンジェクスに寄ってから……中惣さんと一緒に資材を買いに行きました。あのー、何か勘違いしてらっしゃるようですけど、中惣さんとは社長と従業員というそれだけの関係ですよ？」

「本当に？」

「本当に」

こっくり、と真剣な顔で頷く。

大体、了さんとは本当の夫婦でもないのに、どうしてこんな風に疑われなきゃならないんだろう。

「俺のことは？」

「はい？」

「俺のことは、どう思ってる？」

きらん、と眼鏡の奥の瞳が妖艶に光る。その瞬間、カッと全身が熱くなった。こんな、お姫様抱っこした状況でそんなこと聞くなんて――

――思い切って好きだと伝えてしまおうか。でも、そんなことを言って玉砕したら、もうこの家にはいられないんじゃないだろうか。

「えっ、えーとえーと……とっ、とてもいいお客様だなあ、と」

逡巡した挙句に口をついて出たのは、思ってもみない言葉だった。

その瞬間、了さんの眉間に皺が寄る。

「お客？　金払いのいい？」

「……はい」

そりゃあ、こんなお金持ちの優しいイケメンが恋人だったらものすごく嬉しいし、旦那様だったらもっといいんですけれど。

「――じゃ、抱かせて」

……は？

さっきまでの不穏な表情から一転、にいっと笑ってみせる了さんは美しく妖艶で、私を動揺させるに十分だった。

「でも……私、昨日の今日で疲れちゃって。それに今夜はもう時間が――」

「だったら寝なければいい。ギンギンオット聖ドリンクＥＸ、買ってきてくれたんだろう？」

……なっ！

睨みつけると、色素の薄い瞳でニッ、と笑い返してくる。

こんな台詞を吐いていてもなんてイケメンなんだ。それに、私を軽々と持ち上げる『脱いだらスゴイ』肉体が眩しくて――

いやいや、彼のこのルックスに惑わされちゃいけない。今日は引っ越し作業でたっぷり汗をかいたのだ。しかも、出ずっぱりだったことを隠すため、家事をひと通りこなしたらシャワーを浴びる時間がなくなってしまった。このしょっぱい身体のまま抱かれるなんて、無理だから、無理。

「そうだ、とりあえずシャワー浴びましょう！」

「シャワー？　どうしても？」

「どうしても」

こくこくと頷く。

「じゃ、一緒に浴びるならいいよ」

彼がにやりと笑った。

「うん……菜のかの肌はすべすべして気持ちがいいな。どうして今まで一緒に風呂に入らなかったんだろう。この胸の下の、肌が重なったところとか、いいよね」

そう言って、彼は私のバストを下からすくい上げるように持ち上げる。

星見邸のバスルームは、いい香りのするミストで快適にあたためられていた。

高級なボディーソープにしか作れない濃密な泡で、私の身体は優しく、いやらしく撫で回されている。

壁に向かって立つ私の背中にぴたりとくっつく、了さんの逞しい胸。アスリートでもないのに、なんでこんなに筋肉質なのだろう。

「あ、ああ……そこ、くすぐった……んっ」

「ここは気持ちいい？」

「はあっ……、あっあっ、気持ちいい……」

「やばい。食べたくなってきた」

「ひあっ、んっ」

かりっ、と耳たぶを甘く噛まれ、太腿を合わせる。その瞬間に、じゅん、と下肢のあいだに露(つゆ)がわいたのがわかった。

彼の左手は私の乳房の左の頂(いただき)を、右手は太腿の内側のとても際どいところをまさぐっている。どちらもたっぷりの泡で優しく愛撫されて、いつもの数倍は感じてしまう。しかも、耳に妖艶(ようえん)な声を終始浴びせられているせいで、私の下半身は濡れ放題だ。

その脚のあいだに、ぬるり、と後ろから硬くてあたたかいものが滑(すべ)り込んできた。

肉欲の塊は、官能的な音を立てながら太腿のあいだを往復する。そして、はち切れそうに張った先端で、敏感な花芽をかすめていく。

「あ……んっ……はぁぁんっ」

「いい声だ。もっと聞かせて」

彼がスピードを速める。

「あっ、ふ、ぅうっっ……！」

一気に襲ってきた強烈な快感に立っていられず、壁に手をついた。更に、後ろから支える手にバストの中心を触れられて、おかしな声が出てしまった。

「あれ？　もしかして、いっちゃった？」

「いやっ……そんなこと、聞かないで」

「菜のかがあんまりかわいいから意地悪したくなる。でも俺も……そろそろ我慢できそうにない」

そう言って彼は、シャワーのコックを捻ってふたり分の泡を流した。用意していた避妊具を装着すると後ろから腰を寄せ、昂りを私の蜜口に押しつけた。

「あっ、待って。ゆっくり……！　ゆっくり、ん、ん――」

ぎちぎちぎち、と音が出そうなほどの圧迫感に、息が止まりそうになる。よく濡れているはずだし、お尻だって最大限まで後ろに突き出しているのに。

「いつもよりきついな。この体勢のせいか」

「あ……ん――」

壁に手をついてお尻を突き出しているなんて、動物みたい。なんだかものすごく、エッチな気持ちになる……

「大丈夫？　痛くない？」

「う……ん、大丈夫」

このみっちりと充満した感じ。むしろ、すごく……いいです。

両方の胸の先端を弄りながら、了さんはゆっくりと抽送を始めた。

彼が言うように、力を抜いても彼のものがみっちりはまって、ひとかきごとに強い快感が刻まれる。今、彼の熱い猛りがどこをどう攻めているのか、手に取るようにわかった。

「どう？　菜のか。気持ちいい？」

うなじのあたりで、吐息まじりの声が囁いた。湯気の立ち込める浴室にはくちゅっ、くちゅっ、という卑猥な音が響いていて、頭の中がとろけそうになる。

「すごく、いい……はぁっ、あっ、了さんは？　気持ちいい？」

「ああ、ものすごく、いい」

そう言いながら、小刻みに腰を揺らす了さん。彼はお腹側のよく感じるポイントをじっくりと攻め、一番奥の甘い場所をつんつんと突く。

「はあっ、やっ、んっ……」

「ああ、すごい。菜のかの中、熱くて、締まってて。すぐにいっちゃいそうだ」

「あっあっ、だめっ、あんんんん――」

了さんがそんなことを言うから、襲ってきた波にまたのみ込まれてしまった。

脚はがくがくと震えて、自分の身体を支えるので精いっぱい。より敏感になった乳首を弄り回されて、喘ぎが止まらない。

「あん、了さん、……っ、だめぇ……そこ、弄っちゃだめぇ……」

「いいの、来た？」

「ん……はあっ、はあ……！　来た……！」

天を仰ぎながら、お腹に回された彼の手をギュッと掴む。限界まで漲ったもので中を捏ね回しながら、彼は私の耳に唇を寄せた。

「今の菜のか、めちゃくちゃかわいい。俺も、あんまり……持たないかも」

「んっ、いっていいですよ。その代わり、あの……また、してくれる？」

「もちろん」

そう言って彼は、左手の指を乳房の頂に、右手の指を下腹部の花芽に伸ばした。そこを同時に撫でながら、猛り狂う肉欲を私の内壁に躍らせる。

「あっあっ、ああっ」

そんな、三か所を同時に攻められたら、おかしくなってしまう。

身体が燃えるように熱い。飽和状態になった快感が、全身から溢れ出しそうな感覚になった。

「あ、あ、また、いっちゃう……！」

「俺も、だめだ、……くッ」

身体の奥深い場所で、熱い塊が一層膨れ上がる。それを感じた途端、彼を咥え込む蜜洞がぎりぎりと締まるのが自分でもわかった。

積み重なった雲の中を、一気に突き抜けるような解放感。全身を陶酔が駆け巡る。

一緒に達するって、やっぱり素敵だ。

彼が本当に私のものになったらいいのに――

＊

星見邸で暮らし始めてから二か月が経とうかというこの日、私はついに念願の運転免許証を手に入れることができた。

まさに取り立てホヤホヤ、有効期限を示す帯は初心者カラーの若葉色である。

電光掲示板に受験番号が表示されるや否や、心配しているであろう彼に、私はすぐさまメッセージアプリで報告した。

〈了さん！　無事合格しました♡♡♡　これから講習です〉

すぐに既読のマークがつき、返事が返ってくる。

《祝☆合格！　おめでとう、よく頑張ったね。早速クルーズ船で祝賀パーティーでもしよう！　それとも、南の島にバカンスにでも行く？　菜のかの好きな方で》

さすがの内容に、思わず噴き出してしまった。常人には思いつきそうもない、現実離れした提案だ。

人目もはばからずにやにやしながら、返信のメッセージを打つ。

〈それじゃあ今夜はおうちでパーティーにしましょう。帰りに食材買って帰りますので！〉

するとメッセージが既読になり、すぐさま電話がかかってきた。

はい、と言うと、スマホの向こうで楽し気な声が響く。

『君のお祝いなのに、君が料理するなんておかしくないか？　……あ、いきなりごめん。合格おめでとう』

「ありがとうございます。だって、私の希望に合わせてくれるんでしょう？　それならうちでやりたいと思って」

教習所に通わせてもらっただけでありがたいのに、これ以上彼に無駄なお金を使わせるなんてとんでもないと思った。質の高い暮らしをさせてもらっている上に、お給料まていただいてるんだから。

『よし、じゃあせめてケータリングにしよう。どう？』

「わかりました。了さんは何時頃に帰ってきますか？」

『六時半くらいかな。料理は七時に頼んでおくよ』

「ありがとうございます。テーブルのセッティングして待ってますね！」

「おめでとう、菜のか」

「ありがとう、了さん」

薄く繊細なグラスを掲げて乾杯する。グラスの底から細かな泡を立ちのぼらせているのは、最高級クラスを誇るシャンパンのゴールド。ホストクラブを扱ったテレビ番組でしか、お目にかかったことのないお酒だ。豊かな香りに誘われてひと口飲めば、爽やかな刺激が一気に喉を駆け下りた。

　糊づけされた白いテーブルクロスの上には、各種オードブルにこんがりパイシチュー、黒毛和牛のヒレステーキや伊勢海老のテルミドール、エスカルゴのソテーといった、とても豪華でおいしそうな料理がひしめき合っていた。

　ダウンライトの明かりに照らされてきらめく様子は、まるで女王様の宝石箱。それぞれの器も凝っていて、料理の色合いや食材の形、盛りつけ方も工夫を凝らしてある。

　テーブルの向こうには、優しく揺れる了さんの笑顔。

　やっぱりケータリングパーティーにしてよかった。

　ふたりきりでゆっくり食事をして、最後はまったりとお酒を飲みながら、ソファでいい雰囲気になって……というのは私の妄想だけど。

「うまそうだな」

　彼が目を輝かせる。

「ホント、どれもこれもおいしそう。了さん、よくこんなお店知ってましたね」

「お客さんなんだ。国内の主要都市でいくつか厨房を借りてもらってる。でなきゃ、今日の今日で頼めないよ」

「さすがですね。電話を切ったあと、大丈夫かなって心配してたんです」

彼はオードブルの海老のフリットを口に運びながら、私に向かって手のひらを見せた。

「免許証、見せてくれるんだろう？」

「だーめ。すごい顔してるから」

「どうして。君の顔だったら半目だって変顔だってかわいいよ」

ふふ、と思わず息が洩れた。

「じゃあ了さんのも見せてくれたら。それならおあいこです。文句ないでしょう？」

シャンパンをもうひと口飲んで、彼が取り分けてくれたヒレステーキを口に入れた。……うん、さすがは高級ケータリングだけあって、とても味のいい和牛を使っている。

揚げ物も、パイシチューも、テリーヌも、どれもおいしそうだ。自分で作ったらこうはいかなかったろうな、と思い、了さんの判断に感動すら覚える。

「仕方ないな」

そう言って席を立った了さんを見送って、私は自分の手をナプキンで拭いた。

今日受け取ったばかりの免許証をバッグから取り出す。彼は玄関まで行ってスーツのジャケットから免許証を取り、再び戻ってきた。

裏返してテーブルクロスの上に置いたそれを、せーの、の合図で同時にひっくり返す。

その途端に思わず噴き出してしまった。了さんのはシャッターを切る瞬間に、カッと目を見開いてしまったらしく、とんでもない目ヂカラだ。

「見せるんじゃなかった。君のは普通にかわいいのに」

「了さんだってかっこいいじゃないですか。元がいい人は羨ましいなあ」

免許証が戻ってくる。私は了さんのそれをもう一度眺めてから、彼に返した。

『住所　京都市下京区』

――自宅は京都だったのか。

今まで話題に上らなかったから、そんなことすら知らなかった。彼が話すイントネーションからは関西出身という感じはしない。

この二か月のあいだ、私たちは本当の夫婦みたいにひとつのときを過ごしてきた。一緒に遊園地に行ったし、温泉旅行にも行った。休日には庭のガゼボで一緒にお茶を飲み、寒空の中楽しませてくれる花を見て「きれいだね」と話した。

ホテルのスイーツバイキングでケーキを十個食べたことも知っているし、新聞を読みながら顎を弄る癖があることも知っている。ボディソープはワンプッシュであることも、ふたりきりだと意外にも甘えてくることも――

それでも、彼の過去については知らないことばかりだ。

ご両親のこととか、出身校の話。子供の頃の彼はどんな子だったのか。今までどんな恋をしてきたのか。

彼についてもっとよく知りたいと思う反面、これ以上踏み込んだら後戻りができないんじゃないかと恐れる気持ちもある。

私は彼のことが好き。本当に好きで好きで堪らない。

気持ちを伝えてみたい。

でも、そんなことできるはずがない。

だって、彼にとって私は、単なるおもちゃなのだから——

彼と暮らして、もう二か月が経過する。あとひと月もすれば、偽りの蜜月は終わる。最後に手当てをもらって、次の日からは何事もなかったかのように別々の暮らしを始めて……彼は私のことなんか、すぐに忘れるかもしれない。そして私ではない、彼に釣り合うような教養と美貌を兼ね備えた、ハイスペックな誰かの手を取るだろう。

——そうなったら私、平気でいられるんだろうか……？

一度ぎゅっと目を閉じ、ネガティブな思考を断ち切る。

「ほら、了さん。いい加減拗ねないでください。このエスカルゴ、おいしいですよ」

「拗ねてなんかないさ。エスカルゴは好きじゃないと知ってるくせに、たまに意地悪くなるな」

そうなのだ。了さんはエスカルゴがあまり得意じゃない。今夜は私のためにわざわざ頼んでくれたんだな、と嬉しく思っていた。

「ひとつくらい食べてみればいいのに」

「あーん、してくれたらね」

目をつぶったまま、了さんが口を開ける。

仕方ないな、とフォークに刺したエスカルゴを、ちょんと彼の唇につける。彼はそれを恐る恐る口に入れ、眉間に皺を寄せて咀嚼し、ごくりとのみ下した。そして、「うまい。もっと」とにこにこしながらまた口を開ける。

……くっ、かわいいな！

たまに突然、彼はこういう子供じみたことをする。そんな了さんに、私の母性本能はくすぐられっぱなしだ。

「もう、ずるいですよ」

「なにが」

「別に。はい、あーん」

「あーん」

夕食がすみ、ひと通りの片づけをしてソファに移動した。おつまみになりそうなものをテーブルから運んで、お待ちかねの酒盛りタイムである。

彼の指示で、サイドボードから高級ブランデーを取り出した。お付き合いで購入したものの、飲む機会がなくて手つかずでいたらしい。合格したらこれで乾杯しようと、かねてから約束していたのだ。

「グラスはどれにしますか？」

「ロックグラスがあるだろう？　右端の手前にある。……そう、それ」

「はーい」

と指示されたグラスを丁重に取り出しながら、私は嘆息した。

――残念、今日もあの切子は使わせてもらえなかったか……！

この家に来たばかりの頃、勝手に洗ってしまい彼にたしなめられた、あの切子のペアグラス。見事な群青色と、落ち着いたボルドー色の芸術品は、サイドボードの隅っこにあってなお、艶麗な輝きを放っている。

全体の形はオーソドックスなものだけど、曲線を駆使したとても珍しいデザインが施されていた。流れるような繊細なカットとあまりの風格に、ずっと気になっている。

今日は特別なお祝いの日。もしかして、これで飲ませてもらえるんじゃないかと期待していたけれど……。

こんなに奥の方に大切そうにしまってあるくらいだから、きっと相当思い入れが強いものなんだろう。もしかして、過去に付き合った女性との思い出の品だったりとか。

気になるけど、聞けなかった。そもそも、私にそれを尋ねる資格なんてない。

ロックグラスを持って、私はテーブルへ戻った。

「お待たせしました。ロックでいいですよね？」

「うん」

お酒の準備を待つあいだ、彼はくつろいだ様子で自動車のパンフレットを眺めていた。なんでも彼は現在、『ちょっとそのへんに行くためのコンパクトカー』が欲しくて堪らないらしい。シャツのボタンを胸まで開けながら、お酒を持ってきた私に視線を向けた。

「で、結局どれがいいと思う？」

「私に結論を委ねるのは危険ですよ。どれがいいなんて、全然わからないんだから。はい、どうぞ」

お酒を注いだグラスを彼の前に置く。

乾杯してひと口飲み、ふたりで唸った。さすが世界に名だたる高級ブランデー。奥行のある芳醇な香りが、普段使いのお酒とはまったく違う。

「じゃ、こうしよう。機能の面で俺が候補をいくつかに絞る。その中からデザイン的に君が気に入ったものに決める。どう？」

「了さんの車なのに？」

「君だって使うだろう？」

真顔で言うので、ついおかしくなってしまった。

「了さんたら。私がその車に乗れる期間は、納車から一か月もないんですよ。あとでお金を請求されても困りますからね」

くすくす笑って、彼がつられるのを待っていた。ところが、彼は私の顔をじっと見詰めたまま黙っている。

……あれ？　私、何かおかしなこと言ったかな。

彼の所有しているのは大きな外国車ばかり。だから彼が、本当は私のためにコンパクトカーを買おうとしているのはわかっていた。初心者の私のために、運転のしやすさを重視して、国産車にしようとしていることも。

だけど、私との契約はあと一か月で終わるのだ。ほとんど乗る機会がない私のために、一〇〇万円を超える買い物をする感覚は、やっぱりよくわからない。

もしかして私を口実に、今まで乗ったことのないタイプの車を買ってみたかったのだろうか。だとしたら、新車を選ぶという楽しみを奪ってしまったかもしれない。ちょっとかわいそうなことをしたかなあ。

「了さん、あの——」

謝ろうと口を開いたら、彼の顔が近づいてきて唇を塞（ふさ）がれた。触れるだけのほんの軽いキス。しっとりとした粘膜の感触を残して、唇は離れていく。

彼は何も言わず、手の甲で私の頬を撫でた。わずかに顰めた眉に、寂しそうなものが漂っている。

「……どうしたんですか？」

「いや。……きれいになったな、と思って」

「了さんのお陰ですよ。私の知らない世界をたくさん見せてもらって、夢のような毎日です。ありがとうございます」

ちょっと慇懃なくらいに、にこーっと微笑んでみる。彼はゆっくりと瞬きして苦笑した。

「君はいつまでも他人行儀だな」

「……了さんは大切なお客様ですから」

「そんな風に言わないでくれ。寂しくなる」

と、さっき注ぎ足したばかりのグラスを一気にあおった。手酌でお酒を作ろうとするので、慌ててボトルを取り上げる。

「あの、ちょっとペース早くないですか？」

氷をグラスに入れながら尋ねた。

そういえば、彼はどれくらい飲めるんだろう。

　サイドボードの中には、いくつかお酒のストックもある。けれど、実際のところ彼がそんなに飲んでいるのを見たことはなかった。家ではほとんど飲まないし、外でディナーをとるときにも、食前酒にスパークリングワインを一杯飲む程度。さっき乾杯したシャンパンも、彼が次々と私のグラスに足すので、ほぼ私が飲んでしまった気がする。

　やっぱり、あまり強くないのだろうか。お酒よりもスイーツを好んで食べるような彼が、そんなに飲めるとも思えないし……こっそり水を足そうかな。

　と、ソファを立ち上がったら腕を掴まれた。振り返れば、彼がすごい形相で睨(にら)んでいる。

「水なんて足すなよ。俺はまだ大丈夫だ」

　うっ……ばれてた！

「でも、そんな風に飲んでたら、あっという間に酔っぱらっちゃいますよ。私、了さんのこと二階に運ぶことなんてできません」

「このくらいで酔っぱらうもんか。今日は朝まで君を抱くつもりなのに」

「朝まで……!?　ちょっ、あっ――」

　腕を強く引っ張られ、毛足の長いラグの上に組み敷かれた。両手をラグに縫い止めて、獰猛(どうもう)な目つきが迫ってくる。

「あっ、やっ、こんな明るいままじゃ――ちょっと、了さん！　りょ……。あれ？」

必死に抵抗しているうちに、何やら様子がおかしいことに気がついた。

朝まで君を抱く——そう言っていた男は、私に覆い被さったままの状態で大いびきだ。

それにしても重い！

「おーい。了さーん？」

バシバシ、と容赦なく肩を叩いても返事がない。

……思った通り、あまりお酒には強くなかったようだ。

このままここで寝て風邪なんか引いたって、知らないから！

＊

「で、朝起きたら布団に包まって床の上で寝ていたというわけですか。ひとりだったら今頃大変な事態になっているところでしたね。風邪は引くわ、朝から吐物にまみれるわ。稀代の色男が台無し、といったところでしょうか」

「……鷹山、少し黙っててくれないか。二時間もすれば治るから」

黒塗りの高級車の後ろで、星見は唸りながらヘッドレストに頭をもたせかけた。

割れるような頭痛に加え、絶えず胃がムカムカする。バックミラーに映る自分の顔が蒼白すぎて、見ると余計に具合が悪くなる気がした。

「酒に弱いあなたがこんなになるまで飲むなんて珍しい。そこまで悩んでいらっしゃるのですか」

「なんの話だ」

「佐木菜のかさんのことですよ。彼女を手放すのが惜しいのでしょう？　一緒にいられる時間はあとひと月ほどなのに、これまでの女のように自分に夢中にならないのはなぜか。そう焦っておられるのでは？」

相変わらずの辛辣ぶりに、星見は口元を曲げる。力の入らない両手をぶるぶると震えるほど握りしめていることに、自分でも気づかなかった。

鷹山の指摘は半分くらいが当たっていて、もう半分くらいはまったく的を外れている。もっと自分の気持ちは純粋なものだ。かといって今は反論する元気もなく、星見はただ怠そうにため息を吐く。

車は井の頭通りを原宿方面に向かい、大山の交差点に差しかかっていた。仕事のことを考えずに車に揺られていると、無意識のうちに昨夜の菜のかの様子が頭に浮かぶ。

昨日の彼女は、星見が買った淡いオレンジ色のスーツを着ていた。

明るい色がよく似合う彼女が、黒目がちの目で真新しい免許証を嬉しそうに眺める。

ぷっくりと柔らかそうな唇で、シャンパンを口に含む。

ケータリング程度の料理を、おいしいと言っては、次から次へと口に運ぶ。

真っ直ぐに向けられる楽しそうな笑顔は、こんな二日酔いの身体でなければ思い出すだけで熱くなるところだ。それだけに、酔っぱらって何もできなかった昨夜のことが悔やまれる。

アルコールで桃色に火照った身体は、さぞかしそそったことだろう。その肌に指を滑らせ、舌を這わせたら、どんなに素晴らしいことか。

甘い喘ぎを洩らす唇を、壊れるほどに激しく奪ってやりたかった。無防備に晒された喉元に吸いつきたかった。芳しい蜜で誘いをかける肉鞘に、欲望の刃を突き立てたかった。

満たされぬ思いは、切ない恋情となって胸のうちに吹き荒れるばかりだ。このやるせない気持ちに、一体どうやって片をつけようか。

……そうだ、銀行に到着したら彼女にメッセージを送ろう。昨日はすまなかった。みっともないところを見せてしまったね。今夜こそ君を朝まで――

「本気の恋などしたことないくせに、こんなことをするから罰が当たった」

妄想のクライマックスを、氷のように冷たい秘書の言葉が打ち砕いた。一気に現実に引き戻され、星見はヘッドレストから頭を起こすと、眉間に最大限の皺を寄せる。

「……なんだと？」

突然車が左に車線変更して、急ブレーキがかかった。胃袋が底からせり上がってきて、慌てて口を押さえる。

すんでのところで苦いものをのみ込みつつ、バックミラー越しに秘書を睨みつけた。

「……今日は随分と運転が荒いな」

ハザードランプを出して左車線に停車したきり、鷹山はずっと黙っていた。

彼とは長い付き合いだ。向こうはこっちの考えを腹の立つほど読んでくるくせに、こっちは向こうが何を考えているのかまったく理解不能だなんて、不公平な気がする。

こんなときばかりは、有能な秘書を持つのも考えものだな、と星見は奥歯を噛んだ。

鷹山はスーツのポケットから煙草を取り出して、銀色のオイルライターで火を点けた。蓋を閉める金属音が頭に突き刺さる。

「窓を開けろ。においがつく」

星見が言うと、鷹山は運転席側のパワーウィンドウを開け、外に向かって煙を吐いた。ふうっ、と強く息を吐き出す音に続いて、小さな笑い声が聞こえた。

「大方、告白する勇気もないのでしょう？」

「……彼女は俺のことを客と思ってるよ。それに、身の丈に合った女を探せと言ったのはお前じゃないか」

「はい。確かにそのように申し上げました。ですが、今のあなたは彼女と割り切った付き合いをしているようにはとても見えない。仕事に差し支えるのも困ります。三日前は麻布の土地を買い逃し、昨日は青山一丁目のビルを予定よりも安く買い叩かれてしまった。まったくもって、あなたらしくもない失敗交渉で。それにはどう言い訳をなさるおつもりですか？」

秘書の冷たい声に、星見は指の関節が白くなるほど強く拳を握った。

彼の言う通りだと認めざるを得ない。幾多の女たちとの浮名を流してきた自分が、菜のかのことを思うあまり、仕事すら手につかないとは――

女性との関係は、駆け引きを楽しむもの。セックスを楽しむ相手。殺伐としたビジネス社会において、潤いと癒しをもたらす快楽のコマじゃなかったのか？

菜のかが自分を憎からず思っていることには気づいていたが、同時に彼女に対し、今一歩踏み込めない壁のようなものを感じてもいた。

初心だった彼女も、シーツの上じゃすっかり女の顔だ。だが、ベッドを下りて服を着た途端、家政婦の顔に戻る。

あくまでも仕事が優先。それは以前から感じていたことだが、彼女に対する思いが強くなればなるほど、自分に寄りかかろうとしない態度に不満が募った。

――何がだめなんだ？　俺じゃだめなのか？

いっそのこと、プロポーズでもしてしまえば彼女の気も変わるかもしれない。けれど、彼女には彼女なりに、今までこの地に築いてきた生活がある。対して自分は数か月スパンで全国を回る生活スタイルだ。ひとりで置いていくにしろ、見知らぬ土地を連れ回すにしろ、彼女にとっては大きな負担になるだろう。

菜のかは、これまで付き合ってきた女たちとは違う。どこにでもいるような、地味で堅い女。だからこそ、遊び感覚で駆け引きを楽しんだり、突き放したりすることはできない。

菜のかが愛しい。大事にしてやりたい。

その純粋な思いには、星見自身も戸惑うばかりだ。

「……ぐうの音も出ないな。確かに、彼女に惹かれているよ。これまでにないくらい、強く」

弱々しい声を振り絞って、星見は白旗を揚げた。

鷹山が首を曲げて星見の顔を見る。冷徹な秘書の三白眼（さんぱくがん）は、相変わらず何を考えているのかわからない。

「では伺いますが。正直なところ、どのようにお考えですか？」

何を？　という目で星見は彼を見た。

「今後のことです。菜のかさんとどうなりたいのです？　約束の期限が過ぎたら『はい、さようなら』と諦めるのか、それとも、今回ばかりは大人としてけじめをつけるのか」

「……諦める？」

「はい。彼女のことです、期間が満了したらすぐに新しいクライアントのもとで、身を粉にして働くでしょう。中物社長のためにね」

星見は息をのんだ。

中物社長のため――

その言葉に、ぐらりと景色が揺らいだ気がした。

あれは、菜のかと暮らすようになって初めての名古屋出張の日のことだ。

新幹線で合流した鷹山から、菜のかの『身辺調査書』を渡された。

「菜のかの高校の学費を、中物が工面しただと？」

「はい。彼女の母親とは学生時代の同級生らしく、学費以外にもたびたび訪れては金銭を渡していたようです」

「母親に何か弱みを握られているとか、元々不倫関係にあったとか？」

「いいえ。特にそういった情報は見当たりませんでした」

はあ、とため息を吐きながら、星見は眉間を指で押さえた。

「同級生の娘ね……。普通、たったそれだけの関係でそこまでするものか？」

「金銭のやり取りは大変ナーバスなものですから、親友であっても普通はあり得ないでしょう。そもそも、佐木菜のかさんが通った高校は公立ですから、そこまでの大金はかかりません。住宅ローンがあったとしても、通常は団体信用保険に入っているでしょうからそれでゼロになり、更には生命保険をかけていれば多少なりとも保険金が入ってくるはず」

「じゃあ、中惣が進んで援助したと?」

「おそらく。学費以外にも、卒業後の上京費用や東京でのアパートの契約金なども負担されたようですので」

「ふうん……」

友人の子がかわいそうだから、学費を出してやり、東京に呼び寄せて自分のところで働かせた――そう言うのか?

自分の会社の経営ですら手に余る状況で、親切にも程があるだろう。

それとも、中惣社長にとって菜のかは『友人の娘さん』という以外に、何か特別な感情でもあるのだろうか。

「……鷹山。急用ができたから戻るぞ」

「先方にはなんと?」

「東京の現場でクレームが出たと言ってくれ」

「かしこまりました」

父親を早くに亡くした自分にそれだけ親切にしてくれた中惣だから、彼女は身を粉にしてあの小さな会社で働くのだろうか。

中惣と菜のかは、本当に雇用主と従業員というだけの関係なのだろうか……

過去の回想から現実に戻り、星見は鷹山に問うた。

「お前は、中惣社長は菜のかのことをどう思っていると思う？」

「さあ。私は直接お話ししたことがございませんので、わかりかねます」

「冷たいな」

「事実を言ったまでです。それに、中惣社長が菜のかさんをどう思っていようが、関係ないでしょう。気になるのは、あなたのその煮えきらない態度です。私も内心ではイラついている、ということは正直に申し上げておきます」

そう言い放った鷹山の鋭い視線が、バックミラー越しに射抜いてくる。

だよな、とぽつりと言って、星見は窓の外に目を向けた。

道路脇の電柱の上で、カラスがハンガーで巣作りをしている。奴らだってこうして家庭を築くっていうのに、俺は好きな女に本心を打ち明けられずグズグズしているだけのポンコツなのか。

鷹山は煙草(たばこ)を携帯灰皿に落とすと、車をゆっくりと発進させた。そしてポツリと言う。

「あの頃のあなたは、私より六歳も年下の、十九の子供だった」

「くそ生意気な、だろ」

「そうです。私の父親が働く小さな切子工房の息子で、ただのくそ生意気なガキです。それが父親のいいつけで、いきなり敬語で話さなければならない相手になった。その私の気持ちがわかりますか？」

「お前には感謝しているよ」

「だったら――」

鷹山はバックミラー越しに星見の顔を見た。

「幸せになることです。私の父は、私が京都に戻るたび、あなたがいつ結婚するのかと聞いてきます。あなたよりも年上の、自分の息子がまだ独身でいるのに」

「鷹山さんが？」

「ええ。父の感じている、あなたのお父様に対する恩義は大変なものです。それに、あなたのお父様ご自身も、工房の存続のため危ない橋を渡った息子のことを、草葉の陰から心配していらっしゃるでしょう」

「危ない橋、かな……今のところうまくいっていると思うが」

「それは現在の話でしょう。覚えていらっしゃいますか？　国から土地収用がかかりそうなおいしい地所を二束三文で手放してみたり、所有権の権利関係があやしい土地を掴まされたり。ヤクザ紛いの業者に難癖をつけられ、手数料をピンハネされたこともありました」

「そんなこともあったな」

星見は苦笑いを浮かべた。

父が急逝した大学二年の秋。既に工房は風前の灯火だったが、どうしてもそこを潰したくなくて、星見は金儲けの道を模索した。そのとき、当時通っていた経済学部の教授が手ほどきしてくれたのが、不動産投資だ。リスクは高いが状況を読んで慎重に運用すれば、銀行金利の数千倍以上もの利益を得ることも可能だ、と。

若かったこともあって飛びついたが、教授の説明通り道は険しかった。

取引相手に舐められないよう、高いスーツを着て髭を生やしたりもしたが、ぽっと出の若造がそうまくやれるはずもない。

「いろいろありましたが、それでも死に物狂いで勉強を重ね、じわじわと手腕を発揮していくあなたが私には眩しかった。経営に関わる資格を次々と取得して、確かな先見と鮮やかな判断力で投資社会を渡っていく。……とても真似できないと思いました。その頃から、私の夢はあなたを支えることになった。だから――」

「だから？」

ちょうどそのとき、目的地である銀行の立体駐車場に着いて車は止まった。鷹山がエンジンを切り、星見はシートベルトを外してスーツの前ボタンを留める。

「だからこそ、あなたの幸せを願うのですよ。あなたはもう、親の遺した工房を守ろうと必死に闘う学生じゃなく、誰もが認める資産家になった。それなのに、たかだか女ひとりに心乱される姿を見るのは心苦しいのです」

「随分俺を買ってくれてるんだな」

身を屈めて後部座席のドアを潜(くぐ)る。星見が降りたのを確認すると、鷹山は立体駐車場のパネルを操作した。

「あなたを支えていこうと決めた自分を信じているだけです」

珍しく褒めるのかと思っていたが、やはりいつもの鷹山節だ。思わずふっ、と噴き出して「お前には敵(かな)わないよ」と苦笑いを浮かべる。そんな主人に、鷹山はひょろ長い身体を向けた。

「あなたが本気だと白状するなら、応援して差し上げてもいいのですがね」

「応援？」

「はい。再来週、腰越(こしごえ)建設の創立一〇〇周年記念パーティーがあります」

「あれはスケジュールが合わなくて断っただろう」

「ですが、予定を調整してなんとか参加できる方向に持っていくことも不可能ではない。そのパーティーに彼女を誘ってみたらいかがです？　政財界からも参加者の多いあの手の催(もよお)しで特別な扱いを受ければ、あなたの気持ちが本気であると彼女に伝わるかもしれません」

＊

「腰越建設の創立記念パーティーですか？」

「うん。新宿のエスペランサホテルで行われるんだ。大物芸能人や有名政治家なんかもたくさん招待されている。天祐の間、君も知ってるだろう？」

「もちろん知ってますけど……」

『天祐の間』とは、有名芸能人の結婚披露宴が行われた、とかでテレビのワイドショーで何度も耳にしたことのある広間の名称だ。

「あの、私じゃなきゃだめなんですか？　いつものように鷹山さんを連れていくとか」

　彼は私に向かって、ずい、と詰め寄ってきた。

「創立パーティーだよ？　その手のものは普通、女性パートナーを同伴するものだろう？　あんな目つきの悪い無愛想な男を連れていくなんて」

「そっ、そういうものなんですか？　でも、そんな大それたパーティーに私なんかが行くのはおこがましいし、第一、気後れしちゃって」

「大丈夫、パーティーなんてみんな同じだよ。新和第一銀行のパーティー、あれと一緒だと思えばいい」

「いやあ、あれとは全然規模が……いっ――」

押しの強さに俯くと、両肩をきつく掴まれた。彼が憂いを含んだ目で、私をじっと見詰める。優雅な手つきで自身の眼鏡を外し、それを胸ポケットに落として、ゆっくりと顔を近づけてきて――


やがて重なる、柔らかな唇。

うっとりと官能を揺さぶる感触に、徐々に私の欲望が引き上げられる。

ひとしきり甘い果実を味わい尽くしたあと、彼は濡れた唇をくっつけたまま囁いた。


「菜のか、君はもっと自信を持つべきだ。今の君はとてもきれいだし、大輪のバラのような笑顔は人を惹きつける魅力がある」

「やだ、そんな……」

「それに」

「……それに？」

「もう参列者の欄に君の名を書いてしまった」

「ええっ」


陶酔から引き戻されて、思わず瞠目する。

「会の最後に、参列者にイニシャル入りのグラスが配られるらしいんだ。だから今さら変更することなんてできないし、ひとりで行くのもみっともない。俺に恥をかかせるようなこと、しないよね？」

彼はニタァ、と大げさな笑みを浮かべる。

「了さん……」

もう断ることはできなかった。二か月も一緒に過ごした仲だから、彼がこうして強引に迫るときは、決して諦めないことを私は知っている。

「……わかりました。その代わり、ずっと一緒にいてくださいね」

「菜のか！」

急に抱きしめられて、おふっ、と肺から空気が洩れた。

「わかった。できるだけひとりにしないようにする。よし、そうと決まったら早速ドレスを作りにいこう」

「えっ、ドレス⁉」

「その手のパーティーではイブニングドレスが基本だからね。君は胸元がきれいだから、きっと似合うはずだ」

私の頬にキスを寄越して、嬉しそうに微笑む了さん。

その顔を見て、我ながらいい決断をしたんじゃないか、とそのときは思えた。

けれど……

やっぱり、断るのが正解だったかもしれない。新しく買ってもらったドレスは目が飛び出るような金額だったし、パーティーの一週間前からは、エステにも毎日通えとの指示が出た。その時点で気づくべきだったのだ。いくら見た目が変わっても、中身は同じ『佐木菜のか』であるということに。

きらびやかな光の雫が降り注ぐなか、私は星見開発社長の同伴者として、無駄に愛想笑いを振りまいていた。なにせ、笑ってないと間が持たないのだ。

了さんは私をそばに置いて離しはしないものの、次々と大会社の重役といった風情の人に呼び止められては話し込んでいる。テレビで見たことのあるタレントや政治家もそこかしこにいて、私は改めて場違いであることを思い知らされていた。

ここは、超有名ホテルの大宴会ホール、天祐の間。会は立食パーティーの形式で、二〇〇〇名近い招待客は思い思いに食事を楽しみながら、来賓の祝辞を聞いている。

「随分手が冷たいね。もしかして、緊張してる？」

挨拶が一段落したらしい了さんが、スパークリングワインのグラスを私に手渡しながら尋ねてきた。不安そうな私の様子を感じとったのか、わざとおどけた表情を浮かべている。

「もう、ガッチガチですよ。やっぱり新和第一銀行の懇親会とは全然違うじゃないですか」

「そうかな。ま、規模が違うだけで中身は一緒だよ。俺から離れないでずっと一緒にいればいい」

そう言って了さんは私の手を取り、自分の腕に絡ませる。

彼の大きな身体に寄り添っていると、それだけで硬くなった気持ちにゆとりが生まれる気がした。

嗅ぎ慣れた彼の匂いに、少し高めの体温。触れ合った身体の一部から、じんわりと不安が吸い取られていく。

思わずしなだれかかりそうになって、ハッと顔を上げた。その瞬間、周りの人の視線が自分たちに集中していることに気づく。……ちょっとくっつきすぎただろうか。

名残惜しさを感じつつも、了さんの腕から手を引っ込めようとした。けれど、それを放すまいとする彼に、今度は手を握られてしまう。

戸惑って了さんの顔に目を向ければ、じっと見詰め返してくる明るい色の目。それは優し気に揺れて、私を射抜いてくる。

「今日の菜のかは特別セクシーだ。ドキドキする」

「……そう、ですか？」

ドキドキしてるのはこっちなんですけど……

今夜の彼はいつにも増してセクシーで、隙のない美しさを放っていた。

光沢のある黒のタキシードは、高級ブランドの特注品。ところどころにラメがちりばめられていて、降り注ぐシャンデリアの光に星屑（ほしくず）の粒を躍らせている。

今の私は、自分にとって相当場違いで、きらびやかな大人の世界に来てしまったことに困惑していた。そんな浮ついたところに、男らしさを引き立てる黒のタキシード姿なんて見せられたら、すがりたくもなるというものだ。

けれど、大音量で続くスピーチと周りのざわめきが、なんとか私を踏み止まらせている。他の列席者は年配者が多く、若い私たちには、ただでさえ好奇の視線が向けられている。その人たちに、噂話のネタを提供するのは避けたい。もしかしたら了さんの仕事に、悪い影響を与えてしまうかもしれないから。

「またよそ見してる」

「ふぁっ」

耳たぶをくすぐられて、変な声が出た。

「だって、みんなに見られてるような気がして」

「そんなに人目が気になるなんて、君も変わったたな。新和第一銀行のパーティーのときは、自分の姿が人の目に映ることなんてない——そう思ってただろう?」

「ああ……うん。女は見られることで美しくなる、でしたっけ?」

「そう。どうやら成功したようだね。今日ここにいる女性の中で、君は誰よりも美しく光り輝いている。きれいだよ。この姿をそのまま肖像画にして美術館に飾りたいくらいに」

そういう気障(きざ)な台詞(せりふ)を臆面もなく言えるのはすごい。あまりにもストレートに褒めるから、恥ずかしくて「ありがとう」の声が小さくなった。

ふたりで過ごした初めての夜、女を捨てているような私の態度に、彼は『もったいない』と言った。

あまりにも垢抜(あかぬ)けない、初心(うぶ)な女をプロデュースする——そんな了さんの考えに気づき、私は彼の新しいおもちゃなんだと悟った。そのときに、たとえお金持ちの気まぐれでも、悪い話じゃないと受け入れたのに……

戸惑ってしまうほどの溺愛ぶりとふたりきりで過ごす甘い蜜夜は、私を悩ませ続けた。どうしてここまで私を甘やかすんだろう。もしかして了さんは、本当は私のことを……?

聞きたかったけれど、そんな勇気は当然なかった。

それに、ひとつ屋根の下で暮らす以上、今のこの関係を壊したくない。だから、勘違いしそうになるたびに、わざと他人行儀に突き放して自分を戒めたのだ。そうでもしなければ、私の中で日々膨れ上がっていく彼への思いが、堰を切って溢れてしまうと思ったから。

けれどそんな気持ちを知らない彼は、私の全身をうっとりとした目つきで眺めている。

「君がよそ見をしていると、俺はどうしようもないくらいに落ち着かない気分になる。どうしてかわかる？」

お皿から拾い上げたチェリーを、彼は私の口に押し込んだ。小さく首を傾げると、彼はもうひとつチェリーを摘んで、今度は自分の舌の上にのせた。毒々しいほどの赤色をした果実が、艶めかしく動く舌でねっとりと転がされる。そうして散々弄ばれたのち、そのチェリーは肉感的な彼の唇の中に消えた。

「君のその赤いドレスを脱がせたがっているのは、俺だけじゃないからだよ。……いいかい？」

妖艶な笑みを浮かべながら、彼は私の腰をぐっ、と抱き寄せた。

「君は俺だけを見ていればいい」

「あ……」

熱を感じるほどに近づく唇。血液のような果汁がじわり、と唇のあいだにしみ出すのが見えて、一瞬息が止まった。が、次の瞬間、憂いを帯びた視線だけを残して、彼は私のウエストから手を離した。

微笑みながら、軽く舌を覗かせる。

エロティックにうごめく舌の赤と、チェリーの赤。その艶(なま)めかしさに、脚のあいだが疼(うず)くのを感じた。

*

ふう……

生バンドの演奏が始まった大広間から逃れて、化粧室のある通路へとひとりやってきた。

今夜の彼はどうもおかしい。

蠱惑(こわく)的に迫ってくるのはいつものことだとして、やたらと押しが強く感じるのはなぜだろう。

でも、悪い気はしない。

お客さんは財界の重鎮や政治家、芸能人や大会社の重役ばかりだ。そんなパーティーに連れてこられたということは、了さんがそれだけ私を大切に思ってくれている証なのかもしれない。もしかして、三か月の契約期間が過ぎたら、本物の恋人同士になれたりして——なんていう妄想すらしてしまう。

今夜彼は、このホテルの最上階のスイートを取っているらしい。

きっとパーティーのあと、彼の手は私のホルターネックのリボンを解き、腰を撫でるだろう。ドレープのきいた裾をたくし上げ、暴かれた泉のほとりに柔らかく口づける。猛々(たけだけ)しく隆起したもので、震える花びらをこじ開け、蜜(みつ)を頼りに奥へ奥へと突き進み——

……あ。

いけない。

頭を冷やそうとここへやってきたのに、結局脳裏(のうり)に浮かぶのは彼の艶(つや)めいた顔と官能的な唇だ。あの淡い瞳の魔力からは、やはり簡単には逃れられないらしい。

化粧室には、既に何人かのご婦人がいた。パウダースペースには、かっちりとスーツを着こなした経営者風の女性がいる。

パウダースペースに入ると、彼女はじろりとこちらを見た。

私は鏡に向かい、ポーチの中からファンデーションと口紅を取り出す。鏡に映るのは、アップにまとめた髪に、真っ赤なドレス、ビジューのあしらわれたロンググローブと、高級ブランドのクラッチバッグを持った自分の姿。

改めて鏡越しに自分を見ると、身につけているものすべてが高級品で落ち着かない気分になる。

本当の私はこんなんじゃない。けれど、今夜だけはシンデレラでいたかった。それが、彼が望む私の姿なら。

ファンデーションを直し、真っ赤なルージュを引き直す。そのとき、個室から出てきたらしい年配のご婦人が私に声をかけた。

「あら、あなたどこかで」

聞き覚えのある声に振り向く。その瞬間、ドン、と胸に爆弾が投下された気がした。

この小柄で細身の女性は、前に何度か家事代行で伺ったことのある、どこかの会社の重役の奥様だ。少し脚を引きずっているのと、色つきの眼鏡が特徴的なのでよく覚えている。

「あ……こん、ばんは」

胸がどくどくと激しく波打ち、口の中がかさかさに干上がった。

私がパーティーに出席する資格を持たない、ただの家事代行スタッフだということを知っている人と顔を合わせるなんて想定外だ。

ご婦人——確か、山野(やまの)さんといった——は私の引きつった笑顔を見て、嬉しそうに手を叩いた。

「まあ、やっぱりサンジェクスさんなのね。しばらくぶりだわ。今はどちらの家政婦さんをやっていらっしゃるの？」

「あ、あの――」

そこへ、更に知った顔が現れた。髪をアップにして淡いグリーンの付け下げを着ているのは、星見邸の向かいに住んでいる荒巻さんの奥さんだ。

「えっ、星見さんの奥さん？」

「荒巻さん……！」

「こんばんは。あなたも腰越建設のパーティーに？　あら、とっても素敵なドレス！　エルメ・リーダの新作でしょう？　さすが星見さんの奥様ね！」

荒巻さんの顔は、思いがけず知り合いに出くわしたという驚きと喜びで輝いている。

――気の利いた返事をしなくちゃ。今すぐに。

けれど、頭の中が真っ白になって何も言葉が出てこない。こういう場合、一体どうしたらいいんだろう。

混乱する私は、ただ引きつった笑みを浮かべることしかできない。

そんな私と荒巻さんのやりとりを、山野さんはきょとんとした顔で窺って（うかが）いる。やがて彼女はにっこりと無邪気な微笑みを浮かべた。

「あら、あなた星見開発の社長とご結婚なさったの？　ごめんなさいね、家政婦なんて言って」

「……家政婦？」

と、私と山野さんの顔を交互に見る荒巻さん。

私はもう、いろんなものが脳内でごっちゃに絡み合って、なんと言ったらいいのかわからなくなった。

荒巻さんはいい人ではあるけれど、ご近所の噂話が大好物だ。彼女にかかれば、明日には町内中に噂が広まってしまう。

そのとき、パウダースペースの奥で遠巻きに見ていた経営者風の女性が、こちらに向かって歩いてきて、立ち止まった。

「わたくし見たわ。芳名帳（ほうめいちょう）に書かれてたあなたのお名前、星見さんじゃなかったわよね」

「……えっ、どういうこと？　確か、仙台にいるときに入籍もすんだって――」

荒巻さんは困惑した様子で、私と女性の顔を交互に見た。ご近所のあいだでは、私たちは既に披露宴もすませていると認識されている。

芳名帳（ほうめいちょう）には、確かに自分で名前を書いた。けれどそれが星見菜のかだったのか、佐木菜のかだったのか、思い出せない。初めてのパーティーで緊張しすぎたのかもしれない。

なすすべもなく立ち尽くしていると、経営者風の女性は不愉快そうに眉を顰（ひそ）めた。

「内縁ということ？　まさか、星見社長も一緒になって世間を欺いているとか」

「そっ、そういうわけでは……」

「……まあ、どういう手口かは知らないけど、うまくやったものね。家政婦風情の女が金持ちの男をたぶらかすというのはよくある話だけど――」

女性は私の顔からつま先までを観察した挙句、再び真っ直ぐに睨みつけてきてこう言った。

「この世界は厳しいのよ。どんなに着飾ったって、生まれ育ちの卑しさは滲み出るものだわ。わたくしたちにはわたくしたちの、あなたにはあなたの住む世界があるということ。身分が違うのよ。お先に失礼」

捨て台詞のように言って、その女性は立ち去った。

あとに残されたのは山野夫人と荒巻さん、そして四面楚歌の私。誰もひと言も発せず、かといってその場を動くでもない。

――早く何か言わなきゃ。

そう思うけれど、頭の中はやはり真っ白だった。

震える唇からは、何の言葉も出てこない。

長い沈黙を破るように、山野夫人が私の腕に手をかけた。

「うまく取り入るのは悪いことじゃないけど、でも気をつけて。お金のある男は次々と近くにいる女に手を出すものよ。あまり本気にならないことね」

そう言って、山野夫人は去っていく。

「ごっ、ごめんなさいね、私も戻るわ……！」

荒巻さんは私と目を合わせないようにして、そそくさと消えた。

ぽつん、とひとり残された私は、急に力が抜けて膝から崩れ落ちそうになった。がくがくと震える脚をなんとか進めて、化粧台に手をつく。顔を上げると、よく磨かれた鏡に自分の姿が映っていた。

有限会社サンジェクスの家事代行スタッフ、佐木菜のか。

そのことは、高級ブランドの真っ赤なドレスを着て、ピンヒールのパンプスを履き、真っ赤なルージュを引いても変わらない。中身はあくまでも、佐木菜のかでしかないのだ。

かたや了さんは、こんな盛大なパーティーで周囲から注目を集めるほどの人物だ。彼の妻が、家政婦をやっている平凡で地味な女でいいはずがない。

彼にふさわしいのは、家柄もよく、才色兼備（さいしょくけんび）の女性。

孔雀（くじゃく）の羽を纏（まと）ったカラスなんかでは、決してあってはならないのだ。

――身分が違う。確かにね……

もうあのきらびやかな場所には戻れない。非常階段の外へ出てきた私は、冷たい夜気(やき)のなか、パウダールームで言われた言葉を胸の内で反芻(はんすう)する。

いくら着飾っても、生まれ育ちの卑(いや)しさは滲(にじ)み出る——つまり、内面が伴ってないということだろう。それは、自分でもよくわかった。

私は高卒だし、難しい知識も、資格もいらない仕事をしているし——。お金持ちの人が子供の頃から身につけてきた教養なんて、何ひとつ持ち合わせていない。

あの経営者風の女性を恨むつもりはなかった。みんなが思っていることを、たまたま代表して彼女が言った、というだけの話だ。

パーティーで注目を浴びていたのは、了さんと私が珍しく若い参列者だったからじゃない。本当のところは『あの女じゃ、星見了には釣り合わない』、そんな風に見られていたからだろう。

「……寒い」

冬の冷気が剥(む)き出しの肌を鋭く刺す。かちかちと歯が鳴って、震える二の腕をかき抱いた。

ぼーっと遠くを見渡しても、ホテルの二階にあたるここからじゃ夜景だって見えない。それどころか、バックヤードに散らかる枯葉が、寂しさを募(つの)らせるだけ。

そうか、そうだよね……。たまたま近くにいたから私に手を出したんだよね。

別に、運命を感じたとか、恋の予感があったとか、そういうことじゃなくて。家事代行スタッフとしてやってきた私があまりにも世間知らずそうだったから、おもちゃにしようと思っただけ。

そんなの、最初からわかってたことじゃない。

初めての夜、キスも知らない私を彼は何度もかわいいと言った。私を抱く腕はいつでも甘くて、優しくて。彼の唇は、私を喜ばせるようなことしか言わなかった。

――だから勘違いしちゃったのかな。好きだと言われたことなんて、一度もないのに。

鉛のように重いため息をひとつだけ吐いて、非常口の扉から中に戻った。色褪せてしまった世界に、ダウンライトがやけに眩しい。

ここは私がいるべきところじゃない。さっさと荷物を受け取って帰ろう。そう思い、クロークに向かう。

「菜のか」

クロークに到着し声をかけたところで、少し離れた場所から名前を呼ばれた。

「……了さん」

駆け寄ってくる彼の、艶のある髪。ダウンライトにきらきらと光る、タキシードのラメ。

すべてが灰色に見える世界で、彼だけがまだおとぎ話の王子様みたいに輝いて見える。

私の腕にかかったファーのついたコートを見て、彼は怪訝そうな顔をした。

「どうした？　寒い？」

「いえ。あの……ちょっと気分が悪くて」

私の顔を覗き込んで、彼は心配そうに眉を曇らせた。

「大丈夫？　飲みすぎたのかな。すぐに部屋のキーを取ってくるから」

「ううん。家でゆっくりしたいから、帰ろうと思います。……わがまま言ってごめんなさい」

「そんなに具合が悪いのか。気づかなくてごめん。じゃ、俺も一緒に――」

「だめ」

タキシードの胸を押し返した。

……あたたかい。指先に触れる感触が、彼を思う気持ちを呼び覚ます。

けれど、後ろ髪を引かれる思いを断ち切るように、私は大きく息を吸い込んで顔を上げた。戸惑ったような彼の表情が、どうして？　と問いかけてくる。

「ひとりで帰れるから。了さんはお付き合いがあるでしょうから、ゆっくりしていってください」

「そんなわけにはいかないよ。仕事のことなんかより君の方が大事だ」

「お願い。ひとりになりたいの」

語気を強めに言うと、彼は「そうか」とため息を吐いた。背中に置かれようとする指に気づかないふりをして、身をかわす。

「……こんな気疲れするところに連れてきてすまなかったね。鷹山を呼ぼうか？」

「ううん。フロントでタクシー呼んでもらうから大丈夫。本当にごめんなさい」

エレベーターに向かおうとすると、強く手を握られた。

「気をつけてね」

優しく微笑む、淡い茶色の瞳。いつまでも私を放そうとしない彼の手はあたたかくて、だめだとわかっていても、もう一度その胸に寄りかかりたいと思った。

＊

タクシーに料金を支払って、もうほとんど自分の家のように思っていた星見邸の前に立つ。

目の前には、まるで大使館みたいに大きな門。その門の向こうに、素敵な洋風のガーデンが広がっていて、色とりどりのプリムラが鮮やかに咲き誇っていることを私は知っている。

日中には、スズメやセキレイ、ヒヨドリが集まるバードバス。

テラコッタで円形に縁どられた花壇と、木洩れ日の降り注ぐ小さなガゼボ――

ここには憧れたおとぎ話の世界がまだ広がっているのに、自分だけが夢から覚めてしまったみたいだ。

こんなときでも、玄関はいつもと変わらず自動点灯して私を出迎えてくれた。

二階へ上がってドレスを脱ぎ、部屋着に着替える。けれどすぐに思い直して、最初にこの屋敷を訪問したときに着ていた黒のスーツをクローゼットから取り出した。

それを身につけて、本来の姿に戻った自分を鏡に映す。

安っぽいスーツ、黒いゴムで一括りにした髪。モノクロ映画にそこだけ色をつけたような真っ赤なルージュ。唇が痛くなるほど、ティッシュで拭った。

階段を下りる私の手には、懐かしい安物のバッグが握られている。中身は、初めから持っていた私物だけ。彼に買ってもらったものは何ひとつ入っていない。

家政婦であることを荒巻さんに知られた以上、何もかもおしまいだと思った。

私が『星見菜のか』でなかったことは、おそらく明日には近所じゅうに知れ渡っているだろう。そうなれば、了さんも不名誉な噂の的になるかもしれない。

彼は私を本当に大切にしてくれた。けれど人の噂は残酷なものだから、正確な事実だけが伝わることはないだろう。

私がここにいる限り、面白おかしく脚色された噂は独り歩きして、いつか了さんの仕事にも悪影響を及ぼすかもしれない。

大好きな彼だからこそ、迷惑はかけたくなかった。

リビングから続く書斎に入り、紫檀のデスクに向かう。ここには思い出が詰まりすぎていて、胸が苦しくなる。

彼は、ここで自動車免許の学科模擬テストをやってくれた。

できるだけ嚙み砕いて不動産投資のことを教えてくれたこともあった。私が彼の仕事について知りたいと言ったことが、了さんにはとても嬉しかったらしい。

……そうだ、この壁。

最初にこの家を訪れたとき、覆い被さるように迫ってきた彼に壁ドンされたっけ。

スーツの胸元から漂うコロンの香りと、妖艶で強引な態度に脚が震えて……あのときは、本当にびっくりした。

ほう、とため息を零し、使い慣れない万年筆を使って手紙をしたため始める。

『前略　星見了様――』

いけない。丸い文字になってしまった。

書き損じた便箋を破り、また書き出す。けれど、やっぱり子供みたいな字だ。というより、元からあまり字はきれいな方じゃない。そこでふと、あのホテルの化粧室で言われた言葉を思い出した。

『どんなに着飾ったって、生まれ育ちの卑しさは滲み出るものだわ。わたくしたちにはわたくしたちの、あなたにはあなたの住む世界があるということ』

じわあっ、と涙が滲み、鼻の奥が痛くなる。

わかってた。わかってたけど——

一度頬を転げ落ちてしまうと、涙はあとからあとから零れてきた。

楽しかった思い出も、彼の肌の記憶も、私のバカな期待も、みんな涙で流れてしまえばいい。

夢の時間は終わったのだ。明日から、また仕事に頑張る私に戻るだけ。

——了さん、あなたが好き。

だから私は、あなたの前からいなくなることを決めました。どうかあなたに素敵な女性が現れますように。

『平凡な私に夢を見せていただきありがとうございました。　佐木菜のか』

なんとか書けた手紙を、リビングのテーブルに置いて星見邸をあとにする。

星見邸に滞在していた月日は、季節をも変えていた。コートのない私は、駅までの道をひたすらに走った。

4 身分違いの恋？

「ええっ⁉ 星見さんのところにはもう行かないってどういうことだよ、菜っちゃん。あんなに仲睦まじくしてたのに！」

「仲睦まじくなんてしてません。たぶん今日にでも、契約打ち切りの電話がかかってくると思いますので」

捨てばちな台詞とともに、毛布を頭まで勢いよく引っ被る。

昨日の晩、行く宛てのない私は、ふらふらとサンジェクスが入っているオフィスビルにやってきた。

事務所はもう真っ暗になっていて、私は持っていたスペアキーで鍵を開けて中に入った。そして毛布に包まり泣きじゃくって、気づいたらソファで眠っていたのだ。

さっき中惣さんに起こされて目を開けてみれば、涙の痕で頬がカピカピだった。唇はガサガサだし、顔全体が腫れぼったいし。今の私は、たぶん目の周りがパンダみたいになってるだろう。

……はあ。こんなことならアパートを引き払うんじゃなかった。

昨日までは豪邸の天蓋つきベッドで寝てたっていうのに、今日の寝床は会社のソファだなんて。一体どんな転落人生だよ……

しかし、すべては自分がやったことだ。会社にまで迷惑をかけてしまって、もう気分はどん底。しばらく立ち直れそうにない。

「ごめんなさい、中惣さん。サンジェクスにはいいお客さんだったのに」

その言葉を口に出した途端、辛うじて踏み止まっていた涙がまた転げ落ちてしまった。本当はもう泣きたくなんかないのに。もう涙なんか出ないと思っていたのに。

一度泣き出してしまったら止まらなくて、結局私はわあわあと子供みたいに泣きじゃくってしまった。

「あああー、こんなとき俺はどうしたらいいんだよ。美奈ちゃん、助けて！」

「もう、中惣さんのバカ！　ムギュッと抱きしめて泣かせてあげればいいんですよ！」

「そんなことできないよ、年頃の娘さんにさあ」

「もう、そんなウジウジしてるから奥さんに逃げられちゃうんですよ、中惣さんのウジ虫ッ！」

「……ウジ虫とか！　酷いよ、美奈ちゃん、酷い！」

ふたりの茶番はそれなりに面白かったけど、泣きレベルが振り切れてる私には、もはやこれを止めることができない。

「菜のかさん」

美奈ちゃんの匂いがふわっと香って、私の肩があたたかさに包まれた。

「逃げてきた選択、私は間違ってないと思いますよ。星見さんとじゃ住む世界が違いすぎるもん。それに、女慣れしてる男なんて、菜のかさんには似合わない。負け惜しみで言ってるんじゃないですからね。いくらお金持ちのイケメンだからって、女性スタッフを勝手に住み込みで働かせるなんて、ものすごくけしからん男じゃん！」

は？　どうして美奈ちゃんがそれを知ってるの？

……言ったのか、中惣さん！　私が了さんの家に住み込みで働いてたこと、美奈ちゃんに話したのか!!

「わああああーーーーん」

「菜のかさん……！」

もう、中惣さんが愚か者すぎて、別の意味で涙が止まらなくなった。なんでそんなにアホなの？　あんなに内緒だと言ったのに、普通部下の秘密を他の社員にバラしたりしないでしょ!?

これじゃあ私、ただのお股が緩いおバカさんじゃない。いや、実際そうかもしれないけど、私には私の都合があって、ちゃんと考えがあって……！

「好きだったんですか？」

美奈ちゃんが優しく尋ねる。

泣きながらこくっ、と頷いた。

「ま、優しいイケメンがずっとそばにいたら誰だってねえ」

こくこくこくっ。うわーーーーーーん！

そこへ、私のスマートフォンからバイブの振動音がした。相手は間違いなく了さんだろう。昨日の晩から何度もかかってきていたけれど、私は出ないと決めたのだ。

「あの……電話、出ないの？」

おずおずと、蚊帳の外から中惣さんが問いかける。もう中惣さんなんか知らない。私は美奈ちゃんのふっくらしたおっぱいに顔を埋めて心の回復を図るんだから。

「そんなに気になるなら……っく、中惣、さんが……っ、出てくだざ、い」

「ええー……」

と言ってるあいだに電話が切れた。そして、美奈ちゃんがキレた。

「もう、グズ！　中惣さん、あっち行って仕事しててください！」

美奈ちゃんが入れてくれたホットココアを飲みながら、私は応接セットのソファで毛布に包まっていた。

私のスマホに何度かけても繋がらなければ、今度はオフィスの電話にかけてくるはずーーと思うこと数時間。スマホへの着信はとっくに途絶えたのに、オフィスの電話に彼からのコールはない。けたたましい外線の着信音が響くたびに、ビクッ!! と雷に打たれたみたいに飛び上がってしまうけれど、相手が了さんだったことはなかった。

――結局、どうでもいいってことなんだ。

住み込みの家事代行サービスを使うのは、今回が初めてじゃなかったのかもしれない。これまでにも、若い女の子が来たらその都度壁ドンして、強引に迫って、たぶらかして。お姫様みたいな生活をさせて、やることやってたのかもしれない。

――もしかして、各地方に都合のいい女がいたりして。

美奈ちゃんのデスクからは、キーボードを忙しなく叩く音がしている。机の上は伝票の山だ。いつもは暇を持て余している事務所も、今日はなんだかばたばたと慌ただしい。そうか、明後日は支払日だから、ふたりとも忙しいんだ。それなのに私ったら、いつまでもめそめそと――

それもこれも、元はといえばあの人のせいだ。あの人が、世間知らずな私をたぶらかしたりするから……！

ひとしきり泣いたら、だんだん腹が立ってきた。

今となっては、あのやたらときらきらした風貌も、妖艶な笑顔も、お金持ちなことすら腹が立つ。坊主憎けりゃ袈裟まで憎い。高級住宅街にそびえる豪邸だって、道路を占領しがちな大きな外車だってムカツク。

まあ、一番腹が立つのは、かわいいのなんだのとおだてられて、すっかり参っちゃってた自分自身ではあるけれど……

日もとっぷりと暮れた頃、「寂しかったら電話してね」と言ってくれた美奈ちゃんを事務所の入り口まで送り、「俺も泊まろうか？」と遠慮がちに言う中惣さんを追い出した。

賑やかだった事務所が急に静かになる。

こうなると、泣いてだいぶスッキリしていた私は、急に手持ち無沙汰になってしまう。ネットも飽きた。テレビをつけても大して面白い番組はやっていない。

そこへ、ぐうー、とお腹がひと鳴き。

「あ」

そういえば、昨晩のパーティー以来ご飯を食べていないんだった。

ちょっと元気になったことだし、コンビニにでも行くことにしよう。

歩道の街路樹には、イルミネーションが輝いていた。冬の澄んだ空気に滲む青い光が、なんとも幻想的だ。ぼーっと眺めながら歩いていると、自然と右側が恋しくなる。

――あのまま夢の中にいたら、こういうきらきらした通りを了さんと一緒に歩いたりしたのかな。

……あっ、今のなし！　もう終わったんだから、そういうこと考えない！

ふと見れば、オフィス街ではあるけれど、そこかしこでカップルが手を繋いで歩いている。どの顔もとても幸せそうだ。それに、くっつけあった身体があたたかそう。

――そうか、もうすぐクリスマスだから……

昨日までは私もあっち側の人間だったのに、どうしてこんなことになったのかな。最初に一〇〇万円を受け取ってしまったのが間違いだったんだろうか。それとも、昨日のあのパーティーにのこのことついていったのがいけなかった？

こんなこと、いくら考えても不毛だ。そして、二か月以上ものあいだ毎日一緒にいた人の顔を今すぐに忘れるのも、きっと無理だ。

泣きはらした目に、無駄に明るいコンビニの照明が突き刺さる。歯ブラシセットや洗顔フォームなんかの生活用品をかごに入れ、三九八円の一番安いお弁当と、アイスケースの中からソフトクリームを手に取る。

こういう庶民的なものを口にするのは、ものすごく久しぶりだ。お弁当をあたためてもらったときのジャンクな匂いに、ちょっとだけテンションが上がる。

オフィスには戻らず、車通りの激しい国道を大股で突き進み、高速道路の高架下にある川へとやって来た。

きれいに舗装された護岸は、とても静かだ。水は淀んでいるだろうけど、暗くてそれすらも見えない。

プラスチックのパッケージに入ったソフトクリームはそのままにして、まずは鮭弁当に手をつける。

海苔（のり）ののったご飯をひと口頬張れば、消化機能にバチン！　とスイッチが入った。途端に食欲がわいてくる。

「あーっ、おいしい！　コンビニ弁当、おいしいぞーー！」

焼き鮭、うまい。玉子（たまご）焼き、うまい。こんにゃくと人参の煮物もうまい。うまい、うまい！　心の中であえて『うまい』と連呼しながら、わさわさと夢中でかっ込んだ。

そのままの勢いで、ソフトクリームに取りかかる。

『星見菜のか』でなくなった私には、もうお上品に食べる必要なんてない。真っ白に輝くてっぺんのぐるぐるにむしゃりと食いつく。口に広がるミルクの甘さ、コク。ああ、最高だ。生きてる、って感じがする。

東北のど田舎（いなか）で育った私が都内の高級住宅街の奥様なんて、どだい無理だったのだ。そういうことは人を見て頼むべき。

最後のコーンをごくんとのみ込む。そして、いっぱいになったお腹に更に空気を吸い込んだ。斜め四五度の上空に顔を向け、丹田（たんでん）に力をこめて大きく口を開けた。

「了の、バカヤローーーー!!」

「誰がバカですって？」

突然後ろから聞こえた声に、ひっ、と短い悲鳴を上げた。勢いよく振り返ると、暗がりの中にひとりの男性が立っている。

「鷹山さん！」

「こんな時間にあなたが星見邸にいないなんて、おかしいですね。そろそろ食卓についている頃では？」

ひょろ長い三白眼（さんぱくがん）の男は、両手をコートのポケットに突っ込んだまま近寄ってきた。

どうしてこんなところに鷹山さんがいるんだろう。まさか、了さんも？　と、きょろきょろと辺りを見回しながら、コンビニの袋を後ろに隠した。

「……もういいんです。あの家には帰りません」

「と、言いますと？」

「星見さんには置手紙を書いてお暇（いとま）させていただきました。でもご心配なく。残りのお給金は辞退しますので」

私の言葉を聞いても、鷹山さんは眉ひとつ動かさなかった。猛禽類（もうきんるい）のような眼差しで、ただじっと私を見据えてくる。

どういうことだろう。

私が急にいなくなったことを、了さんから聞いてもいないのだろうか。つまり、彼にとって私はその程度の存在だったということ……？

また悲しい気持ちが頭をもたげてきて、慌てて深呼吸する。そんな私の様子を見て、鷹山さんは相変わらず感情が読めない顔でさらりと言った。

「ふうん。よくわかりませんが、とにかくお役御免となったわけですね。じゃ、今は誰のものでもないわけだ」

「は？」

「ならば、私とデートしませんか？　ラブホテルで」

「はあっ⁉」

「食事はもうおすみなんでしょう？　私もちょうどすませてきたところです。あとは大いに楽しもうじゃありませんか」

＊

はあ……

淡い間接照明の光の中で、私はため息を吐きながら茫然と立ち尽くしていた。

どうしてついてきちゃったんだろう。

こんなのはバカげてるし、本来の私が取るべき行動じゃない。好きでもない男の人と、エッチだけが目的のホテルに入るなんて。

鷹山さんに声をかけられたとき、正直なところ、気持ちが一気に浮上した。了さんが私を捜してくれているのでは――そう思ったからだ。

でも、どうやらそういうわけではないらしい。もしも了さんが捜してくれているのなら、鷹山さんが私をホテルに誘うわけがない。逃げられないようしっかりと捕まえて、すぐに彼に連絡を取ったはずだ。

それでも、鷹山さんだったら了さんが今何を考えているのかわかるのではと思ってしまった。彼を介して、まだ了さんと繋がっていられるんじゃないかという、浅はかな期待もあった。

要は、揺れているのだ。

何も持たない自分が情けなくても、理不尽な顛末に腹が立っても、了さんのことをまだ好きだということに変わりはない。昨日の今日で、急に忘れることなんてできるはずもない。

そんなこんなで、なんとなく鷹山さんについてきてしまった。けれど、薄暗いエントランスを潜った途端、頭が冷えた。

どんな理由があろうとも、ここはラブホテルだ。ここを男女で訪れるということは、当然『そういうこと』をするわけで――

前を歩く、ひょろりとした背中を見る。

まさか、鷹山さんは本当に私を抱こうとしているんだろうか。こんな無機質な感じの、三白眼（さんぱくがん）の男が？　お互い眼中にもないはずなのに？

部屋に入ってすぐに、鷹山さんはベッドサイドにある電話の受話器を取った。なにやらフロントにおつまみらしきものを注文している様子。

「……はい。それから、スモークナッツ。……それと、冷酒を。ええ、ふたつ」

冷酒……？　いきなり日本酒なんだ。しかも私に希望のドリンクを聞きもせずに注文するとか。鷹山さんってやっぱりちょっと変わった人だ。

部屋の中には、ダブルベッドの他に、小さなふたりがけのソファと丸いテーブル、アヤシイ自販機しかない。

目的はたったひとつの密室。それなのに、了さんと初めてふたりきりになった夜のようにドキドキしない。

私の心はどこか別の場所にいて、このばかばかしい茶番を冷めきった目で眺めているみたいだ。

よかったらかけてください、と言われて、しばらく考えた末にソファの真ん中にでん、と陣取った。そして、脱いだコートとバッグを両脇に置く。もちろん、一緒に座るスペースを与えるつもりはない、というアピールだ。

鷹山さんがニヤリ、と口角を上げた。

ちょうど頼んだものが届いて、鷹山さんがテーブルに手際よく並べた。では、と言って彼は、なみなみとお酒が注がれたグラスを枡から持ち上げて、ひと口啜る。

「こう言ってはなんですが、私はおススメですよ。年収は一二〇〇万で住まいは分譲マンションの一室。車は国産のセダン一台きりです。この程度の男なら、住む世界の違いを気にしなくてすむ」

「はあ」

この程度って。年収一二〇〇万って十分すごいと思うんですけど。

「マンションは即金で買いましたので、住宅ローンその他借金はありません。両親ともに健在ですが、既に兄と同居しているので介護の心配もない」

彼は上着のポケットから煙草を取り出し、ライターで火を点けた。むろん、テーブルの上にはその直前にどこからか持ってきた灰皿が用意してある。行動に一分の隙もないといった感じだ。

紫煙をくゆらせ時折お酒を啜りながら、鷹山さんはなぜか一方的に話した。自分で頼んだおつまみには一切手をつけない。

こうして彼の話を聞いていても、ただ時間だけが無駄に過ぎていく気がした。

了さんとふたりのときは世間話すら楽しくて、時が経つのを気にしたこともなかった。煙草の煙にむせかえることもない。

──目の前にいるのが了さんだったらなあ。

思わずため息を吐く。

と、突然鷹山さんのスマートフォンが鳴って、どきん、と心臓が跳ねた。

彼が手にしていたグラスを、テーブルに置く。ゆっくりとした動作でポケットから出したハンカチ──きれいにアイロンがかかっている──で指を拭い、スマホを取った。

「もしもし。……ええ、菜のかさんなら私と一緒にいますよ。今、ホテルの部屋の中です」

はあ⁉　という大きな声が私にも聞こえた。

「新宿にあるシルク&ベルベットというラブホテルに──」

と鷹山さんが言った途端、電話の向こうでけたたましい怒号が響いた。

興奮しすぎている様子で、何を言っているのかわからない。

スマホから耳を遠ざけた鷹山さんは、上着のポケットからイヤホンを取り出してジャックに差し込んだ。片方を渡してくるので、戸惑いながらも受け取って耳に差してみる。

「今、菜のかさんとお話ししていたところです。一緒に日本酒を飲んでいるんですが、なかなかおいしいですよ。あなたも飲んでみたらいいのに」

『自分が何をしているかわかってるんだろうな。お前にはただ、彼女がバカなことを考えないようしっかり見守ってくれと言っただけのはずだぞ』

了さんの声は怒りで震えていた。

バカなことを考えないよう見守る……？

どういうことだろう。まさか、私がビルから飛び下りたり、さっきいた川に飛び込んだりするとでも思ったのだろうか。

「いい加減諦めたらいい。あなたも、菜のかさんも。所詮住む世界が違うのです。その点私なら、彼女の羽を思う存分伸ばしてやれる」

『菜のかに指一本でも触れてみろ。相手がお前でも許さないからな！』

その言葉に、鷹山さんの顔に薄ら笑いが浮かんだ。

鷹山さんの笑顔とか……。ちょっと気味が悪い。

「やっと尻に火がついたようですね。男らしいことです。さて、そろそろ電話を切りませんと。これから私たちはお楽しみの時間ですので」

『おい、鷹山！　お前、本当に――』

了さんがまだ言い終わらないうちに、鷹山さんは電話を切った。そして、ボタンを長押し――電源まで切ってしまう。

鷹山さんはテーブルの上にスマホを置くと、スーツのジャケットを脱いでハンガーにかけた。そして、ネクタイを緩(ゆる)めながら私に向き直った。

「彼は今からこちらにやってくるでしょう。その前にあなたと既成事実(きせいじじつ)を作ってしまわないと」

つかつかと近づいてきた鷹山さんに手首を掴まれ、ベッドの上に放り投げられた。

「ひゃっ」

無機質な冷たい顔が迫る。

むせかえるほどの日本酒の匂い。煙草(たばこ)の匂い。

彼は了さんじゃない。私がときめくいい匂いがしない。

「やめてーー！」

ドン、とワイシャツの両肩を思いきり押した。すると、鷹山さんはあっけなくベッドの下に転げ落ちた。

……あ、あれ？　思いのほか軽かった。この人、案外非力なのか……？

鷹山さんはゆっくりと立ち上がろうとしている。この隙に、と急いでベッドから下りた私は、ソファの上のバッグとコートをむんずと掴んだ。

「部屋に入ってからこれとは。随分酷(ひど)い仕打ちですね」

「ごめんなさい……でも、だめなんです」

立ち上がった鷹山さんは、なぜかニヤリとした。

「それほどまでに社長のことが？」

「そっ、そんなことはありません！」

「やれやれ、どちらも意地っ張りですね。そんなに好きなら、星見家に戻ったらどうです？」

むっ。

「好きなんかじゃありませんてば！　私、絶対にあの家には戻りませんから！」

そう言い捨てて部屋から飛び出そう——としたけれど、ドアが開かない！

むぐぐ、と入り口でぴょんぴょこ跳ねながらノブを捻る。

開かない。……鍵か！

しかし、どうやっても内鍵が回らない。どうなってんのこれ！

背後に迫る気配に、はっと振り返れば、すぐ後ろに鷹山さんが立っている。

「お嬢さん、精算しないと鍵は開かないんですよ」

「……ええっ！　じゃあ見てないでそうしてください。私帰るんですから！」

彼はため息を吐きながら帰り支度をして、ベッド際の受話器を取った。

「帰りますので鍵を開けてもらえますか？」

ロックが解除される音を聞き、私はすぐさま部屋を飛び出そうとする。が、鷹山さん掴まれたと思ったコートのベルトにコートのベルトを掴まれた。

「やめてください、警察呼びますよ！」

そう言って振り返ってみれば、なんのことはない。掴まれたと思ったコートのベルトが、ドアノブに引っかかっていただけだった。

ダサい。ダサすぎる。

カーッと頬が熱くなるのを感じながら、ベルトをドアノブから外した。

足早に廊下を歩きつつ、一定の距離を空けて後ろからついてくる鷹山さんをけん制する。

「半径一メートル以内に近づかないでください」

「わかりました。残念です。せっかくあなたを抱くチャンスだったのに」

クッ、と顔を歪めて鷹山さんが笑うから、頭にきた。

まさか、ずっと私をからかってたの⁉

「よく言いますね。本当はその気なんてないくせに。一体何を考えてるんですか？」

「別に。ただ、事の最中に彼が乗り込んできたら面白かったのに、とは思います」

「面白いって……！　酷くないですか？」

「あなたはまだ彼についてよく知らないだけです。彼のような男には荒療治が必要だ」

「荒療治？」

眉を顰めると、鷹山さんはわずかに口の端を持ち上げた。

「彼は今、必死にここを目指しています。星見了ともあろう者が、一介の家事代行スタッフであるあなたを取られまいとして。それがあなたに伝わっただけでも、今日は無駄足ではなかったわけだ。……彼と話し合うつもりは？」

話し合う、という考えてもみなかった選択肢に、一瞬心が揺れる。

了さんと鷹山さんの電話を聞いて、自分で考えているよりもずっと、彼が私を大切に思ってくれていたことがわかった。

そのことは本当に、泣き出したくなるほど嬉しかった。けれど、そうじゃない。

そういう理由で、私は了さんから逃げたわけじゃないのだ。

「ありません。今日も、これからもずっと、もう二度と了さんに会うことはありません」

きっぱり言うと、鷹山さんは「わかりました」と静かに言った。

「もしも彼がこの場にいたら、きっとあなたにこう言ったでしょう。『何かあったらいつでも自分を頼ってくれ』と」

ホテルを出たところで、では、と深く頭を下げて、鷹山さんは去っていった。その後ろ姿を、私は唇を噛みしめながら見送った。

＊

朝、事務所の給湯室で顔を洗いながら、私は昨日聞いた了さんの声を思い出していた。怒っていても、会話の相手が私じゃなくても、彼の声を聞けただけで幸せだった。その理由はたぶん、この二か月以上のあいだ、彼が私をとても大事にしてくれたからだろう。了さんの声が幸せの記憶と結びついているせいで、頭の中に幸福物質が分泌されるんじゃないかと思う。

抜け殻になっていた私の心にも、少しずつパワーが漲（みなぎ）ってきたようだ。今日はサンジエクスに泊まって二回目の朝。いつまでもここに寝泊まりしているわけにもいかないので、私はアパートを探すことにした。

――が。

「そのご予算ですと、こちらの物件になりますね」

「はい」

目の前に出されたアパートの図面を見て、あまりの落差にため息も出なかった。

家賃三万円と共益費二〇〇〇円。

とにかく安い物件で、とお願いした私に紹介されたのは、築四十年は経過している東向きの古い部屋だった。居室は和室の六帖間。バス・トイレはもちろん一緒で、洗濯機置き場は廊下。エアコンもない。

それでも、できるだけ安く、と言ったとき最初に出てきた物件——トイレ共同、風呂なし——に比べたら、ちゃんとプライバシーが保たれている分いい方だ。

……いや、わかってる。わかってはいるんだけど。

前に住んでいた六万円のアパートと、どうしても比べてしまう自分がいる。家賃が半分になれば、それだけグレードも下がるのは当たり前なのに。

前のアパートは、家賃の半分を会社に負担してもらっていた。入居時の契約金も、引っ越し代金も中惣さんに出してもらった。でも、今度こそは彼に頼らず自分の足で立つと決めたのだ。

だから、どんなに古くて条件の悪い部屋でも、きっと住んでみせる！　と気負ってはみたものの……やはり現実は厳しいようだ。

「あの……他の駅まで範囲を広げたらもっとありますか？」

優しそうな不動産屋のお姉さんに、遠慮がちに聞いた。

「ええと……それじゃあ、こちらの物件はいかがでしょう」

少し神妙な面持ちで出された図面を見て、カッと目を見開いた。

洋室六・五帖、南向き、バス・トイレ別の１Ｋ。駅から徒歩十分なのに、家賃と共益費込みで三万三〇〇〇円だ。しかも二階！

「ええっ、これいいじゃないですか！　これに決めます！　中は見なくてもいいです！　銀行で契約金下ろしてきますね！」

ガタッ、と立ち上がった。と同時に、お姉さんまでが慌てた様子で立ち上がる。

「ああっ、ちょっとお待ちください！　ただ、この物件ちょっと事情がありまして」

「事情？」

「はい。……実は、前に住んでいらした方が部屋の中で亡くなられて――」

ひいぃっ！

「あっ、そういうの本気で無理なんで。いわくつきでなかったら、徒歩二十分とか線路沿いとかでも構いませんので」

着席。

その後、親切なお姉さんは沿線にある好条件の物件をいっぱい出してくれたけれど、どれも似たり寄ったり、どんぐりの背比べ、といった具合だ。

あれこれ見ているうちに、だんだんとわけがわからなくなってきた。

ああ……

「やっぱり、最初に見せていただいた三万円の物件を見せていただけますか？」

そうして私は、スーツのお姉さんに案内されて実際の部屋に来ていた。

――が。

「どうぞ」

そう言って開け放たれた玄関ドアの向こうには、紙の図面からは想像もできなかったわびしい光景が広がっていた。

前に住んでいたところよりも更に狭い玄関には、コンクリートの土間に靴入れもない。玄関と框のあいだの段差は、白いペンキがボロボロに剥がれている。よく見れば、柱も敷居も全部そんな調子だ。

申し訳程度の廊下の脇には、コンパクトさが売りだと言わんばかりのユニットバス。六帖の和室にミスマッチなのは、床の間を改造したと思われる小さなキッチン。サンジェクスの給湯室そっくりの小さな流し台に、あとから設置された電気コンロがひとつだけ置かれている。

部屋の中はかなり暗かった。

東向きだと聞いていたのに、朝のこの時間でも暗い。シャッターが閉まっているのかと思ったけど、そうではなかった。窓を開けた手すりの向こうには、隣のマンションの壁。手を伸ばせば届きそう――いや、実際届くと思う。

「どう、ですか……？」

後ろからお姉さんが、恐る恐る、といった風に尋ねてきた。私は振り返って、えへへー、となぜか愛想笑いを浮かべる。言葉にすることができなかったのだ。

二か月余りを過ごした星見邸と比べると天と地ほどの差で、これは現実のことなのかと疑いたくなる。

いや、どちらかというとあっちが夢か。

夢の世界に作られた私好みの豪邸と、優しくてきれいな男が手を広げて待っている豪華なベッド。それを私は、自分の城と思っていたのだ。

だから、ただ夢から覚めただけ。

ふと、昨日の晩のことを思い出した。了さんは、やっぱり鷹山さんに私を見張らせていたらしい。だいぶ気にしてくれてたんだ――そう思うと、嬉しくなる。

けれど、もうあたたかいあの腕の中に戻るわけにはいかなかった。あそこは私がいるべき場所じゃない。

「あの、契約金はおいくらになりますか？」

お姉さんは電卓を取り出して計算を始めた。

「そうですね……十九日を入居日とすると……敷金一か月と、日割り賃料と来月分もいただいて、手数料と消費税で……」

電気代が嵩(かさ)むから、サンジェクスにはいつまでもいられない。

ほら、ちゃんと畳も変えてあるし、水回りもクリーニングしてあるし。大丈夫、きれいな部屋だ。

「来月分のお家賃まで入れて、およそ十一万円ですね」

……違う。

部屋がどうこうじゃなくて、彼がいない生活が想像できないのだ。二か月半という月日は長すぎた。彼と暮らす毎日があたたかすぎて、ただ、了さんが恋しくて。

こんな……私みたいな女に、どうしてあんなに優しくしてくれたの？

「じゃあこの物件に――」

この物件に決めます、と言いかけて、ぐっと喉が詰まった。涙がそこまで出かかって、声が出ない。

何やってんのよ菜のか、お姉さんが困っちゃうじゃない！

「あの、お客様？」

「ご、ごめんなさい」

と何度も目を瞬いて鼻を啜った。

「……もしよかったら、お話伺いますよ」

にこっ、とお姉さんは優しく微笑みかけてくれる。だから、やっぱり涙がひと粒だけ零れてしまった。

こんな、家賃三万程度のアパートを探しに来た安いお客なのに。私の話を聞いたとしても、手数料の三万円以上は手に入らないのに。

彼女はおそらく、私と同じくらいの年頃か少し上くらいだろう。そのあたたかい心には癒(いや)されたけど、これは彼女に話しても仕方のないことだ。

「いえ、大丈夫です。ありがとうございます」

そう言って、ぎこちなく笑みを返した瞬間――

バッグの中でスマホが鳴った。ディスプレイを見ると美奈ちゃんだ。泣いていたことを悟られないよう、明るい声で電話に出る。

「はい、お疲れ様です！。……え？」

『菜のかさん、落ち着いてよく聞いて。あのね』

思いがけないほど切羽詰(せっぱつ)まった美奈ちゃんの声に、スマホを強く握り締めた。

「中惣さんが、いなくなった……!?」

＊

アパートから駅までの道を、不動産屋のお姉さんに車で送ってもらった。優しくしてくれた彼女には何度も頭を下げて、お礼とお詫びを告げる。

　車から降りて、改めて美奈ちゃんに電話をした。

『菜のかさん、部屋探し中にごめんね』

「うん、大丈夫」

『あのね、今日中惣さん会社に来てないの。パソコンも立ち上がってないし、エアコンもついてなくて。菜のかさん、中惣さんに会いました？』

「ううん。私が事務所を出たのは朝の八時半くらいだったから、まだ中惣さんは来てなくて。一度も出社してないの？　携帯は？」

　駅の自動改札が、ピッと音を上げた。

　バッグをぶつけながら通り過ぎ、小走りに構内を駆け抜ける。

『来てないです。携帯かけても繋がらないんですが、昼に一度だけ、メッセージが入ったんですよ。「ごめん、金策に走ります」って』

「金策」

　そんなのはいつものことだ。それなのに、美奈ちゃんのこの慌てよう。ただごとじゃない。

『どうも私たちに黙って先延ばしにしてた支払いがいくつもあったみたいなんです。明日が決済日だから、確認のためって言って、九時になった途端にいろんな業者から電話とメールがじゃんじゃん入ってきて……あ、ちょっと待ってください』

美奈ちゃんが別の外線電話を取る気配が、電話越しに伝わってくる。美奈ちゃんの声も聞こえてきて、耳をスマホに押しつけた。どうやら、外注で使ったハウスクリーニング業者のようだ。申し訳ございません、と謝罪しているということは、また新たな未払い案件だろうか。

電車が来たので、電話を切った。すべては事務所に着いてからだ。

「昨日確認したときは、今月分の支払いができるくらいのお金は口座に入ってたんですよ。全部決済できるな、って安心して帰ったのに」

「で、結局全部で支払いはいくらなの？」

「大体なんですけど、今計算したら、四五〇万くらいです。当座預金に入ってる金額と相殺して、二〇〇万ほど足りない感じです」

「二〇〇万」

二〇〇万なら、私が持っているお金で間に合うはずだ。

現在の時刻は午後二時過ぎ。明日の朝には手形の処理が始まってしまうから、今のうちにお金を動かしておいた方がいい。

「とりあえず私の貯金入れてくるね」

さっき脱いだばかりのコートを羽織った。

美奈ちゃんが、私の腕を掴んで自分の方を向かせる。

「そんなのだめですよ、菜のかさんがそこまですることない」

「でも、不渡りなんか出したら会社潰れちゃうじゃない」

「しょうがないです。それは中惣さんの責任だもん。私たちには関係ない」

「美奈ちゃんがよくても、私にとってはだめなの！」

美奈ちゃんは目を見開いて私の顔を凝視した。

いつも優しい美奈ちゃん。バカなことばかり言って、一緒に笑いあってる美奈ちゃん。

でも、そんな目で見られても、私の気持ちは揺るがない。

これは私と中惣さんの問題だ。いや、私の一方的な思いだ。

いざとなったら会社を救う、その心構えはもう何年も持ち続けているのだから。

そのとき、デスクに置いた私のスマホからメッセージアプリの通知音が鳴り響いた。

私と美奈ちゃんの視線がスマホの画面に注がれる。メッセージは中惣さんからだ。

《ごめん、電池切れてコンビニで充電器買った》

「菜のかさん、電話してみて！」

「でも、充電器を買ったばかりじゃまた消耗しちゃうんじゃ。とりあえずメッセージ送ってみるね」

〈今どこですか？　当座にいくらあれば足りますか？〉

《代々木の春山興産（はるやまこうさん）の前。明日当座から八〇〇万落ちる》

「八〇〇だって。……さっきより多くない？」

　と、私。美奈ちゃんは神妙な面持ち（おももち）で見返してきた。

「当座には二五〇しかありません。二〇〇どころじゃなくて、五五〇万も足りない」

《このままだとまずい。今日は会社には行けないかも。君たちもそこにいない方がいい》

　私と美奈ちゃんは思わず顔を見合わせた。

〈まさか、ヤクザが取り立てに来るとかじゃないですよね？〉

《わからない。年末だし、ちょっと今回ばかりはまずいかもしれない……。ごめん、ふたりとも》

　そこでメッセージは途切れた。

　とても自分たちの手には負えない――私と美奈ちゃんは、すっかり意気消沈してしまった。ふたりして、力なく事務椅子に座り込む。

　当座に足りないのは五五〇万。

　私の二〇〇万を足せば、あと三五〇万。美奈ちゃんはそんなお金は持ってないだろう。万が一持っていても、出すつもりはないはずだ。

ふと、了さんの顔を思い出した。いつでも自信に満ち溢れた、成功した男の顔。彼にとっては五五〇万なんて、きっとはした金だろう。私なんかのために、ひと月一〇〇万円をポンと出したのだから。

『何かあったらいつでも自分を頼ってくれ』

鷹山さんが言っていた、了さんの気持ちを代弁した言葉を思い出す。

彼に連絡したら、手を差し伸べてくれるだろうか。私本人が困っているわけじゃなく、中惣さんが困っていたのだとしても。

スマホを持って椅子から立ち上がった。アドレス帳に【星見了】を見つけ、緊張に震える指でコールする。

気分が落ち着かない。

薄暗い給湯室の方へゆっくりと歩いた。

——了さんお願い、出て。

彼は電話に出ない。十回くらいコールしたところで、諦めて切った。

「美奈ちゃん」

声をかけると、俯いていた彼女は疲れた様子で顔を上げた。

「ちょっと出かけてくるね。美奈ちゃんは帰った方がいいかも」

「うん。とりあえずそうします。もしも中惣さんから連絡が入ったら、お互いメッセするということで」

頷いて、事務所をあとにした。

＊

火が消えたようだ、とはこういうことを言うのだと思った。

星見はリビングのソファに座っていた。シルクのパジャマにガウンを羽織ったままの格好で、もう小一時間、こうしてただぼうっと過ごしている。

朝も昼も食べていない。そもそも、目が覚めたら昼を回っていた。

何も考えたくない。何もしたくない。

できることなら、彼女の匂いが残る寝具に一日中包まっていたい。

しかし、昨日もこんな風に一日を過ごした。

人間らしい生活をしなくては——そう思って入れたコーヒーは、手つかずのまま冷めきってしまった。

ダイニングテーブルに置いたスマートフォンがさっきからけたたましく鳴っていたが、取りに行くのも面倒だった。

きっと鷹山だろうが、今日は休みだと伝えてある。それに、動く気もしない。新聞に目を通す気も起きない。

本当に何もする気が起きないのだ。

「ああ」と声に出して、星見は顔をこすった。

自分がこんなに情けない人間だとは思わなかった。女のことを考えるあまり、何も手につかなくなってしまうとは……

キッチンに目をやると、菜のかがおいしそうな料理を作ってくれている姿が目に浮かんだ。いなくなってからというもの、家じゅうのどこを見ても彼女を探してしまう。

記憶の中の彼女が、ダイニングテーブルの花瓶に花を活けている。

巻き髪を揺らしながら、掃除機をかけている。

窓を開けて空気の入れ替えをしたり、庭の花に水をやっていたり——

不思議とパーティーの日のきらびやかな姿は浮かばなかった。あんな風に着飾った姿もよかったが、それよりもエプロンをしてちょこまかと家の中を動き回る姿がかわいらしかったのだ。

菜のかが笑うと、自分も楽しくなった。おいしいものや、きれいなものを前にして、きらきらと目を輝かせる瞬間が好きだった。だから、与えられるものは与え、精いっぱい大事にしたつもりだ。

ただ、かわいさのあまり毎晩激しく抱きすぎたかもしれない。

ちょっと焦りすぎた。彼女はあんな風に愛されるやり方は好きじゃなかったんだろう。幸せな毎日はずっと続くものだと思っていた。約束の三か月が過ぎたその先も、ずっと――

星見はソファからのろのろと立ち上がると、テーブルの上のスマホに手を伸ばした。念のため着信履歴を確認しようとして、画面を凝視する。

「菜のか……？」

午後二時過ぎと、ついさっき。彼女からは二度の着信があったようだ。あれほど待ち焦がれていた【佐木菜のか】の文字。鼓動の高鳴りに合わせて、スマホを持つ手にも、眉間にも気づかぬうちに力が入っていた。

胸に熱いものが込み上げて、手が震える。

こちらからかけてみようか。いや、しかし、と逡巡した。あれだけ電話もメッセージも無視されたあとだ。かけたとして、一体何を話せばいいのか。それがわからない。

ちょっと落ち着こう、と星見はソファに座った。が、スマホを持ったまま、それを胸に押しつけたり、天を仰いだり。

傍から見たらまったく落ち着いているようには見えないだろうと、自分でも思う。

それにしても、どうして彼女は今電話をかけてきたのだろうか。

ふたつの履歴のあいだは三〇分。

会社からかけて、いないからこっちへ向かって――

星見はハッと息をのんだ。

――まさか、サンジェクスからうちに向かっているのか？　もしかして今、外にいるのだろうか。

慌てて立ち上がって、窓辺へ近寄った。が、カーテンの隙間から覗いてみるに、そんな気配はない。

――なんだ。

ホッとしたような、がっかりしたような。星見は無意識に胸に手をやった。

外は雨が降り始めていた。彼女と休日を過ごしたガゼボの屋根から雫が落ち、それが花壇のプリムラの葉を揺らしている。

プリムラは、数日前まで鮮やかに咲き乱れていた。可憐なピンク色だったり、落ち着いたブルーだったり、いろいろな表情を見せてくれるその花を、まるで彼女のようだと思っていた。

そんなことを思いながら庭を眺めていると、門の外を傘も差さずに歩いている女の姿が見えた。

栗色の巻き髪に、地味なグレーのコート。背格好が菜のかに似ている。そう思ってしまうのは希望的観測だろうか。

女が門の前で立ち止まった。垂れ下がった前髪を手ぐしで整えている。彼女が顔を上げた瞬間、星見は息をのんだ。

「……嘘だろ？」

少しだけ悲し気に寄った眉。意志の強そうな眼差し。ぽてっとした小さな唇に丸い頬。少し顔色が悪いが、紛れもなく菜のかだ。

――どうして？　なんでやってきた？　この雨のなか、傘も差さずに。

星見は急いで二階へ駆け上がり、タンスの中から服を次々と引っ張り出した。シャツに、セーターに靴下……ジーンズはラフすぎるから、今日みたいな日はだめだ。それじゃあコーデュロイ？　野暮(やぼ)ったすぎるだろう。

結局、白のシャツに黒のＶ襟(えり)のセーター、グレーのウールパンツという無難な格好に落ち着いた。

鏡の前で急いで全身をチェックする。彼女はもう帰ってしまっただろうか。

窓際に駆け寄ってカーテンの隙間から下を覗くと、菜のかはまだ門の前でうろうろしている。

やがてインターホンが鳴った。

ゼンマイを巻き直したように、胸の鼓動が逸(はや)る。

猛スピードで駆け下りたが、階段の中ほどで思いとどまり、意識してゆっくり下りた。

呼吸を落ち着かせなければ。焦って出て来たとは思われたくない。

インターホンに映る姿を注意深く観察し、何度か深呼吸をしてから「はい」と返事をした。

「星見さん……菜のかです」

苗字で呼ばれたことに、チクッと胸に痛みが走る。

「今開ける」

門の開錠ボタンを押して、星見は玄関に下りた。姿見に映った自分の顔はヘアスタイルもさることながら、顔つきも酷い。

ドアを開けると、濡れねずみのように水を滴らせた菜のかが立っていた。

「助けてください」

開口一番、弱々しい声で菜のかは言う。

見下ろした先には、黒のスーツに履き潰した安物の黒いパンプス。ぐっ、と奥歯を噛みしめて、星見は無言でその姿を凝視した。

「助けて。……お願い、サンジェクスが倒産しそうなの」

突然そう言った菜のかに、星見は困惑した。

てっきり、「いなくなってごめんなさい」という謝罪の言葉が出てくるのだと思っていた。そういうことなら、自分も無理強いばかりしていたことを謝って——なんだったら思いを打ち明けてもいい――彼女が戻ってくれるよう説得するつもりでいたのに。

今の菜のかは、酷く打ちひしがれているように見えた。濡れて震えてもいる。

本当はすぐにでも抱きしめたくて仕方なかったが、口を衝いて出たのは、まったく違う言葉だった。

「大方不渡りでも出しそうなんだろう。あのだらしない社長らしい。君も自分から逃げておいて、こんなときばかり当てにするとは笑わせるな」

勢いで言ってしまってから、すぐに激しい後悔が訪れた。

――ああ、違う。俺は何を言ってるんだ。

こんなことを言いたいわけじゃない。君の気持ちをわかってやれなくてごめん、本当はそう言いたかったのに。

俯いたまましばらく黙っていた菜のかだったが、やがて小さく口を開いた。

「明日支払いのものがいっぱいあって。……中惣さんを助けてくれるなら、なんでもします」

その言葉に、星見の心はずきずきと疼いた。

助けてほしい対象が会社ではなく、中惣に変わった。きっとこれが彼女の本心なのだろう。

「なんでも？　戻ってこいと言ったらそうするの？」

「はい……」

こくり、と無言で頷く菜のかの顔を、星見は見詰める。

ここに戻ってくるということは、また自分に抱かれる毎日になるということだ。それが苦痛なあまり、逃げ出したんじゃなかったのか？　それなのに、また戻ってくると？

「どうしてそこまで……。中惣さんは君のなんなんだ」

自分でも声色が硬いと感じる。菜のかの言葉が出てくるのを辛抱強く待ったが、彼女は俯(うつむ)いたまま何も答えない。

こんなときだというのに、星見の視線は目の前にある滑(なめ)らかな頬に吸い寄せられていた。

ふっくらとした曲線に咲く、ほのかなピンク色の花。

そこに触れたい。

抱き寄せて、キスしてしまいたい。

それなのに、目の前の彼女は中惣のことを第一に考えている。こんな不愉快なことがあるだろうか。

愛しくて、憎らしい。

華奢(きゃしゃ)な腕を掴んで思い切り揺さぶりたいのを、星見は歯を食いしばって堪(こら)えた。

「俺に抱かれたのも……中惣さんのため？」

菜のかは一瞬、びくっと肩を震わせた。

「……お金が……ううん、星見さんの言う通りです」

その言葉に、星見は天を仰いで額に手を当てた。

「なんでそんなことを」

「中惣さんには、どうしても返さなきゃならない恩があるんです」

菜のかはゆっくりと、父親が死んだときの話を始めた。

中学三年の春、高校入学を控えたある日、突然父親が死んだこと。

その葬式の席に現れた中惣が、そこからの学費や通学費、修学旅行費も小遣いも、すべて支援したこと。

田舎じゃ就職先も見つからないだろうと、東京に呼び寄せてアパートの費用も出してくれたこと。

特に目新しい話はない。以前に鷹山に調べさせたから、すべて星見も知っていたことだ。

「援助を受けたと言っても、たかだか数百万の話だろう。そんなことくらいで、そこまでの恩を感じる必要はない。もしかして、君は中惣さんのことが――」

と星見が言いかけた途端、今まで俯いていた菜のかが、きっと顔を上げた。意志の強い黒々とした目に光が宿っている。頬に貼りついた髪を払いもせず、菜のかは言った。

「そのときの数百万が、どれだけ大きなものだったかあなたにはわかりますか？　お金だけじゃない。父を亡くした私と母にとって、見守ってくれる大人の男の人がいることが、どれだけ心の支えになったか。あなたみたいに最初から恵まれた人生を歩んできた人には、私の気持ちはきっと理解できない。中惣さんが守ってくれたから、今の私があるんです。サンジェクスは、中惣さんが何よりも大切にしてきた会社だから！　だから……私は、彼の会社を守ってあげたい！」

関節が白くなるまで握った拳(こぶし)を、菜のかはゆるゆると下ろした。胸の内を吐き出した彼女の頬はバラ色に染まっていて、瞼(まぶた)の縁(ふち)には涙が盛り上がっている。

星見は瞬き(まばた)もせずに、菜のかの黒い両目をじっと見詰めた。

十秒が過ぎ、二十秒が過ぎ。

やがて立っていた場所から左に一歩ずれると、星見は階段の方向を指さした。

「二階に上がって着替えてきて」

「え？」

小リスのように菜のかが首を傾げる。そのしぐさに、星見の胸は破裂しそうになった。

「急いで。早く」

わざとぶっきらぼうに言って、強引に手を引いた。わけがわからない様子ながらも、玄関を上がり、二階へ向かう菜のか。

彼女が着替えているあいだに星見は洗面所に行って、新しいバスタオルを棚から取った。

玄関へ戻ると、ちょうど二階から菜のかが下りてくるところだった。一瞬、状況にそぐわないほど胸が高鳴ってしまう。

彼女は、白いモヘアのワンピースを着ていた。少し血の気を取り戻した頬と唇が純白に映えて、まるで雪のなかの白ウサギのようだ。

くっきりと現れた柔らかな身体の曲線に、抱きしめてめちゃくちゃにしたくなる。

――だめだ。とても正視していられない。

「これで拭いて」

やや乱暴にバスタオルを突きつけると、星見は菜のかを避けるようにして玄関に下りた。車のキーを取り、所在なげに立つ彼女を手招きする。

「あの、どこへ」

菜のかが慌てた様子で、シュークローゼットから白いパンプスを取り出す。彼女が靴を履き終えると、星見はすぐにその手を引いて外へ出た。

雨は幾分小降りになっていた。

アプローチを歩くあいだも、星見は無言だ。車にたどりつき助手席のドアを開けると、菜のかを中へ押し込む。

そして車の後ろをぐるりと回り、運転席に座った。

「サンジェクスを救ってほしいなら、黙って俺についてくるんだ」

エンジンを始動して、ガレージの電動シャッターと、ハンズフリー機にセットしたスマホを両手で同時に操作する。たったのワンコールで、菜のかにも聞き慣れた声が電話に出た。

『鷹山です』

「今から京都行きのチケットを取ってもらいたい。たった今車で家を出たんだが、新幹線と飛行機とどっちが早い？」

驚いた菜のかが息を吸い込む。

『少々お待ちください。……この時間ですと十六時十分発ののぞみが最速です』

「じゃあ二席取ってくれ。帰りは今日の最終でいい」

『かしこまりました』

しばしの間。濡れた路面を走る車の音に、電話の向こうのカチカチとマウスを操作するような音がまじる。

『連続二席はグリーン車のみでしたので、そちらをお取りしました。九号車前方ドアよりお乗りください』

「ご苦労」

電話が切れた。

助手席の菜のかが驚いているのは、空気で伝わった。「黙ってついてこい」と言われたから何も言えずにいる、そんな感じだ。

この時間から京都へ行ってとんぼ返りするなんて、我ながら酔狂だと思う。しかも、仕事ならまだしも、女を連れてだ。

『あなたみたいに最初から恵まれた人生を歩んできた人には、私の気持ちはきっと理解できない』

まさか、菜のかがそんな風に思っていたとは。

最初から恵まれた人生？

そんなものがこの世にあるなら味わってみたかった。

住宅街を抜けた車は、濡れた国道をひた走る。運転に集中していると、だんだんと気分が落ち着いてくるのがわかった。

きっと彼女には、他に頼れる人がいなかったのだろう。

たとえ金目当てでも、菜のかが自分を思い出し、そして頼ってくれたことが、星見は心の底から嬉しかった。

5　午前0時のシンデレラ

車両前方の電光掲示板には【ただいま浜松駅を通過】と表示されていた。

長いトンネルを抜けたあたりから雨はやんでいて、紫色だった空はもうほとんどが藍(あい)に染まっている。

流れゆく景色を眺めながら、あれからどうしただろうと考える。

中惣さんはどこかでお金を工面できただろうか。美奈ちゃんはもう家に帰っただろうか。

そろそろふたりに連絡を取りたいけれど、スマホは網棚の上のバッグにしまったままだ。立ち上がろうにも、私の手は了さんにしっかりと握られていて動けない。

決して逃がしはしない――。伝わる体温から、強い意思が伝わってくる。

彼はあれから、ずっと押し黙ったままだ。

たぶん怒ってる。それはそうだ。大枚をはたいて夢のような生活をさせてやった女が、『あなたに抱かれたのはほかの男のため』――そんな酷(ひど)いことを口走ったのだから。そのうえ、お金を貸してほしいだなんてずうずうしいことを言ってきたのだ。

彼は苦しそうだった。

怒りと悲しみがないまぜになった、絶望を絵に描いたような顔。

今だって、真一文字に引き結んだ唇は普段より薄く見えて、とても話しかけられる雰囲気じゃない。

でも、私だってずっとこうしているわけにはいかないのだ。

タイムリミットまで、あと約十六時間。銀行が開店する朝九時にはお金を用意しなきゃならない。

それなのに、グリーン車で悠々と京都へ向かっているなんて……ああ、なんてバカなことしてるんだろう。

「あのー……」

通路側に座る了さんに、恐る恐る話しかけてみる。

「手を……放していただけませんか」

そう言った途端、却って握られた。前を向いたまま、視線だけをジロリと向けてくるのが恐ろしい。

「あっ、あの、トイレに行きたいんですけど」

「逃げないと誓ったらね」

「逃げませんよ！　走ってる新幹線から飛び下りるほどバカじゃありません」

ふ、とほんの少しだけ了さんの口角が上がった気がした。

あれ？　今ちょっと笑わなかった？

ようやく手を放してもらえたので、立ち上がって網棚の上のバッグに手を伸ばす。

「それは置いていけよ」

は？

眼鏡の奥の目は、何を考えているのかわからないくらいに無表情だ。だけど、なんだか無性に腹が立った。

「女の子の日なんですっ」

もちろん嘘だ。私はバッグを取って小走りに通路を抜けた。

連結部まで行くとそそくさとトイレに入り、急いでバッグからスマホを取り出す。

画面には不在着信が二件表示されていた。中惣さんと美奈ちゃんからだ。中惣さんにかけてみる。三回コールしたところで繋（つな）がった。

「中惣さん!?」

『ああ、菜っちゃん。今どこにいる？』

「えっと……ちょっと事情がありまして、外です」

『そうか、事務所にいないならいいんだ。俺はさっき言った通り今日は帰れないから。今夜はどこかに泊まるとかして、ひとりで事務所に残らないようにしてね』

「はい。……あのー、お金、どうなりました？」

一番聞きたかったことを尋ねると、電話の向こうから力なく笑う声が聞こえた。

『だめだ。借りられそうな当てはひと通り回ってみたんだけど、たったの一〇〇万しか引き出せなかったよ。年末はみんな厳しいらしい』

「あの、中惣さん」

『ん？』

「私が必ずなんとかしますから。お願いだから……早まったこと考えないでくださいね」

ははは、と中惣さんは力なく笑った。そして『そんなことするわけないだろう』と言ったあとに、妙な間ができた。

……やだやだやだ。

いつもの中惣さんみたいに、冗談のひとつでも言って笑い飛ばしてよ。

「とっ、とにかく！　中惣さんはやれるだけのことはやったんだから、あとは私に任せて大船に乗ったつもりでいてください。元気出して！」

ありがとう、という覇気のない声を最後に、電話は切れた。

なんだか一気に疲れが押し寄せてきた。それに、中惣さんがあまりにもしょぼくれてるからあんなこと言ったけど、本当は自信なんてない。

美奈ちゃんには、中惣さんと電話で話したことと、しばらくスマホを見られないという内容のメッセージを送り、トイレから出る。

洗面所で手を洗っていると、後ろに気配を感じた。ハンカチを咥えたまま振り返れば、了さんがいる。

すっ、と無言で手が差し出された。節くれだった長い指の、大きな手。

少しためらってから、そこに自分の手を重ねる。

了さん、あなたは一体何を考えてるの？

彼の考えは、未だわからない。

でも、差し迫った状況の今、私がこの手を取ることにすべてがかかっているはず。

——信じてる。

そのことを伝えるために、彼の手を強く握りしめた。

＊

京都駅に降りた私たちは、駅前ロータリーでタクシーに乗った。信号のある交差点を幾度か曲がり、今は道幅の狭い一方通行の道路を走っている。

左右に立ち並ぶ一軒家のあいだには、商店や町工場が点在していた。古い建物が多くて、東京で言えば下町の雰囲気に似ている。

自分がどこにいるのか、当然のことだけどまったく見当がつかない。でもきっと、了さんは自分の家に向かっているのではないだろうか。

着いたのは、古ぼけた木造の小さな工場の前だった。工場と言っても、外壁は一般的なモルタル塗り。周りの建物と間口は大して変わらず、二階は住まいになっているようだ。

ガラスの引き戸の脇に、筆文字で書いた木の看板がかかっている。

「星見……硝子（ガラス）？」

「俺の実家だ。切子細工（きりこざいく）の工房でね。亡くなった父が職人だった」

了さんは引き戸を開けて「入って」と言った。

背の高い彼が、ちょっと身をかがめながら敷居を跨（また）ぐ。

切子（きりこ）と聞いて、リビングのサイドボードにあったきれいなグラスを思い出した。

右上の棚の奥の方に、大切そうにしまわれていたペアのグラス。

了さんの家で過ごした期間、何を触っても、どこを掃除しても文句を言われたことはなかったけど、その切子（きりこ）に触れたときだけは彼はいい顔をしなかった。もしかしてあれは、彼のお父さんが作ったものだったのだろうか。

外でためらっている私に、了さんは振り返って手招きした。

了さんの家――。そう思うと俄かに心臓が騒ぎ出す。

中からは、機械の動く音と、何かを削るような音が響いてくる。

「ただいま」

先を行く了さんが声を張った。

「おかえりやすー。遅うによう来はりましたなあ」

奥の方から年配の男性の声がした。

お父さんは亡くなっているということだから、職人さんだろうか。

しばらくして、ギィーンという音も機械の音も止まり、小柄な男性が姿を現した。年は六十代くらい。着古した紺色の作務衣を着て、口髭を生やしている。

「ああ、続けてていいのに」

了さんが言うと、職人のおじさんの人の好さそうな顔がますます破顔した。

「いやいや、もう終いにしよ思てたとこですねん。愚息から電話もろて、急にどないしはったんか思いましたわ」

「俺だってたまにはこっちに帰りたくなるのさ」

「そうでっしゃろ。故郷はええもんやさかい」

おじさんがにんまり笑うと、顔に深い皺が何本も刻まれた。あたたかそうな人だ。

「ところで」

そう言って、おじさんが私の方を見る。

「そちらさんは社長のええ人でっしゃろか？」

「そうだよ」

……え？　そんな、ちょっと待って。

「は、初めまして、佐木菜のかと申します」

両手を前で合わせてぺこり、とお辞儀をした。

「おこしやす。鷹山です。はあ、えらいべっぴんさんやなあ」

「だろ？　鷹山さんが生きてるうちに連れてこられてよかったよ」

「また……！　ほんまかなんわ、この人。年寄り苛めたらあきまへんで」

ふたりが楽しそうに笑うので、私もつられて笑った。

それにしても、さっきから言ってる『タカヤマ』って……まさかね。

了さんが工房の奥へと進んで、そこから手招きした。土間の上に這っているコードを避けながら行くと、そこは六帖ほどの広さの作業場になっている。

素人の私には何に使うのかまったくわからない道具や器具。その周りには、壁面を覆うように棚があって、色とりどりの器が並んでいた。

了さんは棚の前で立ち止まり、グラスを眺めながら言う。

「現存する切子は何種類かあるけど、うちは江戸切子だから、もともとは東京の下町に工房を構えてたんだ。でも、俺が中学の頃に母方の祖母が倒れてね。長距離を移動させることもできなかったし、他に面倒を見られる身内もいなかった。それで、介護のために家族で京都に移ってきたんだ」

「……そうなんですね」

そうか、子供の頃は都内に住んでいたのか。だから了さんには京都訛りがないんだ。

彼は上から二段目の棚から、彫りかけと思われる青い小鉢を手に取った。それをいろんな方向から眺め回して、自嘲的な笑みを浮かべる。

「笑っちゃうよな。京都で江戸切子だよ？　伝統工芸は地場産業だから、江戸切子なのにメイド・イン・京都、と当時は胡散くさいものに見られたよ。お陰でこっちへ来て間もなくして、工房の経営は傾き始めた。贅沢はさせてもらえないし、学校ではからかわれるし。俺も思春期だったから、なんで引っ越しなんかしたんだ、って反発したこともあった。そして高校のとき、祖母が亡くなったんだ。工房がうまくいってなかったこともあって、両親の仲は悪くなっていたから、母はそれからすぐに出ていった。俺たちももう京都にとどまる必要はなかったけど、その頃には東京に戻る資金はなかったんだ」

ことり、と音をさせて彼は器を棚に戻した。当時のことを思い出しているのか、ガラスの器が並んだ棚をただ見詰めている。

彼の横顔はとても寂しそうに見えた。

失われた青春時代とか、地元の友達との楽しい思い出、出ていったというお母さんのこと——次々と襲ってくる荒波を越えるのは簡単ではなかったはずだ。

もしもあのまま東京で暮らしていたら、という切ない仮定に何度振り回されたことだろう。まだ少年だった彼が、そんな風に悩み苦しんだと思うと胸が締めつけられる。

ほんの少し前まで、彼のことを特別な人だと思っていた。

誰もが惹きつけられる美しい男。

若くして成功を収めた、自信に満ち溢れた男。

彼のために世界は輝き、自分にはそれだけの価値と魅力があると信じている、そんな人に見えていた。

でも、今の彼にはそのイメージはない。

ここにいるのは、どこにでもいる普通の青年だ。あんな豪邸に住んでいるわけじゃなく、大きな外国車に乗っているわけでもなく。

ううん、違う。彼が変わったわけじゃない。単に私が、彼の一面しか知らなかっただけだ。私に見えていたのは『星見了』というきらびやかな看板を掲げたビルのてっぺんだけ。それを支える地味な下層の階と堅牢（けんろう）な基礎の部分は、ほんの一部の人間しか知らない。たぶん、彼の身近にいるごく少数の人だけが知っているのだろう。

……それにしても、彼はどうして私にこんなことを教えたんだろう。どうして今、この古い工房を見せようと思ったんだろう。

彼は突然何かに気づいたように振り返った。

「ごめん、俺ばっかり話して。こんな暗い話ですまない」

「ううん。今まで知らなかった了さんのことがいろいろと聞けてよかったです」

私がそう言うと、彼は少しはにかんだような笑顔を見せた。

「まあでも、嫌なことばかりじゃなかったよ。鷹山さんを筆頭に、工房の人たちには随分かわいがってもらったし。それに、生活は苦しかったけど、親父はなんとか金を工面して、俺を大学まで通わせてくれたしね」

そして、にこーっと相好を崩す。普段形のいい眉が八の字形に下がって、眼鏡の奥の双眸が弧を描いた。

……ああ、どうしてこの人はこんなに幸せそうに笑うんだろう。

このとろけきった顔を見ると、思わず抱きしめたくなってしまう。

彼の笑顔から目が離せずにいた私だったけれど、「そうどすなあ」と話に加わってきたタカヤマさんの声で我に返った。

「大旦那はなんぼ生活が苦しくても、私らのお給金を先に支払ってくれはるようなお方やったさかい、ほんま、よう助けられた思てますわ」

「いや、助けられたのは親父の方だよ。こんな、京都の真ん中で江戸切子なんて作ってさ。鷹山さんが手伝ってくれなかったら父も続けられなかったと思うんだ。――菜のか」

と、了さんは私の方を向いた。

「元々鷹山さんは、こっちに来てからずっとうちにガラス製品を卸してくれてた、吹きガラス工房の職人だったんだよ。あるときからうちの仕事を手伝うようになってね。ものすごく世話になった人なんだ」

「何を言いはりますの。私が勝手に大旦那の腕に惚れ込んで押しかけただけやのに。お嬢さん、この坊ちゃんもたいがいなお人やで。大旦那が亡くなったら、まだ学生さんやのに急にビル経営なんて始めはりましてん。よっぽどこの工房を潰したなかったんでっしゃろな」

「ちょっと鷹山さん、余計なこと言わないでくれよ」

「まあ、そこからはご存知の通りがっぽがっぽや。今じゃすっかりおまんま食わせてもろてます」

タカヤマさんはいたずらっぽい口調で言い、了さんに頭を下げた。了さんが「やめてくれよ」と言いながら慌てて止めに入る。

ふたりのやりとりは見ているだけで微笑ましくて、なんだかほっこりした。

ふと目を向けると、作業場の棚の一角に、周りの雰囲気にそぐわないガラスのケースがあった。高さ一・五メートル、幅は二メートルほどの立派なケース。その中には、まるで美術品のようなデザイン性に優れた製品が、いくつも飾られていた。

赤、青、ボルドーといった定番の色味から、あまり見かけないグレーやパープルといった中間色のものまで。様々なカラーの花器や大皿が、ケースの天井から注ぐダウンライトの光を受け、まばゆく輝いている。

——なんてきれいなんだろう。

家事代行の仕事で訪れる年配のお宅の食器棚には、切子製品があることも多い。過去に趣味で切子を集めているお客さんもいて、いろいろと説明してくれたこともあった。けれど、こんなに存在感のあるものは初めて見る。

大胆な直線と繊細な曲線が織り成す優美な輝きは息をのむばかりだ。が、一番上の段に飾られた一対のグラスを発見した瞬間、私の目は釘づけになった。

「この切子——」

「ああ、これはコンクールで賞を取った父の作品だよ。リビングのサイドボードに同じものがあっただろう？」

「はい。素敵だなあ、と思ってよく眺めてました。……本当にきれい」

「大旦那はほんまにええ職人でしたなあ。ほんのちょっとでも気に入らへんとこあったら、すぐ作り直しはるさかいに、なんぼほかしたかわからしまへんわ」

と、タカヤマさんはカラカラと笑った。

「ここに入ってるのは全部父の作品なんだ」

了さんはガラスケースを開けた。そして慎重に中から大皿を取り出し、しみじみと眺めた。

「俺自身、工房を継いで経営者になって、親父がいかに採算の合わないことをやっていたかよくわかったんだ。思うように売れないし、若い職人は育たないし。正直な話、工房を畳もうと何度思ったかわからない。せめて量産品を作る方向にシフトすればいいと考えたこともあった。でも、そうじゃない。そうじゃないんだ。菜のかにはわかる？」

お父さんの作品を手にして、子供みたいにきらきらした目で語る了さん。

その顔を見たら、どうしようもないくらいに胸が熱くなった。

お父さんが遺（のこ）した工房を守りたいと思った彼の気持ちは、私がサンジェクスを救いたいと思う気持ちとたぶん一緒だろう。いや、もっともっと、強く尊（とうと）い思いのはずだ。

彼は、最初から順風満帆（じゅんぷうまんぱん）な人生を送っていたわけじゃなかった。それなのに私は、了さんが親の代からのお金持ちだと勝手に思い込んでいた——

彼に対してとても申し訳ない気持ちになって、私は何も言えなくなってしまった。そこへタイミングよく、タカヤマさんが声をかけてくる。

「せっかく来てくれはったんやさかい、何かひとつ作らはったらどうでっしゃろ」

了さんが楽しそうに笑った。

「もう覚えてないよ。バフ掛けくらいならできるけど」

「ほな、頼んますわ。最近入った新入りが残していったんがあるさかい」

「新人？　ああ、前にちらっと話してたっけ」

「へえ。知り合いの息子で、見習いでもええ言うて頼まれましてん」

タカヤマさんは、木製のケースの中から青色のグラスを持ってきた。了さんはやる気満々になったようで、壁にかかっていたエプロンを着け、もう腕まくりをしている。

「研磨剤が撥ねるから離れててね」

私にそう言って、グラスを手に持つ。どうやら、バフ掛けという作業を始めるらしい。

機械にセットされた布張りのホイールが回転を始めた。そこに了さんが刷毛で薬のようなものを塗り、カットの施されたグラスを押しつける。すると、白っぽく霞んでいた削り面が、次第に透明感のある艶めいたものに変わってきた。

「うわあ……！」

思わず声を上げた。

鋭く研がれた楔形の模様が光り輝いてくる。

なんて美しいんだろう。まるでシャンデリアみたい……

「菜のかもやってみる？」

チラ、とほんの一瞬だけ了さんが振り向いた。その溌剌とした笑みに、胸がときめく。なんてきれいな目をして見るんだろう。夢に向かってひた走る少年のような、純粋な瞳。いつも落ち着き払っていて、怜悧な大人の男といったイメージの了さん。その彼が、こんなにも真剣に何かに打ち込むなんて、と感動すら覚える。

了さんの手元を見ていたはずのタカヤマさんが「ちょっと」と話しかけてきた。いつの間にか近くに来ていたらしい。

「お嬢さんがどこの人か知りまへんけど、うちの坊ちゃんはおすすめできまっせ。こない偉なってもいっこも威張りはらへんさかい。忙しゅうしてはるようやけど、こないしてたまに工房に顔出してはえらい気いつこうてくれはるんやで。そのときにな――」

そこでタカヤマさんは、内緒話をするように口元に手をかざした。

「ボーナスも置いてってくれんねや！」

そう言ってウインクした。

作業に没頭しているとばかり思っていた了さんが、軽く咳払いする。

「悪いな。今日は持ち合わせがないんだ。急いで出てきたもんで」

「聞こえてましたんか」

ははは、と了さんとタカヤマさんは楽しそうに笑った。

＊

最終の新幹線は、夜の線路を東に向けてひた走っていた。

あのあとタカヤマさんのご自宅に伺って夕食をご馳走になり、そこで彼が了さんの秘書をしている鷹山さんのお父さんだということを知った。

親子なのに、背格好も顔も、性格もまったく違う。唯一共通しているのは、自分が認めたものをただひたすらに信じて貫き通す、という点だろうか。

鷹山さんのお宅では、私はずっと切子のことを質問していたように思う。彼はそれをとても喜んでくれて、切子の歴史から最新のデザインについてまで事細かに説明してくれた。

鷹山さんの江戸切子職人としての経験は十数年だから、ベテランという域にはまだ遠いかもしれない。それでも、了さんのお父さんから引き継いだ腕と魂が、いくつもの戦場を渡り歩いてきた古参兵のように、彼を輝かせているのだと思った。

緩やかなカーブに心地よく揺られながら、ほう、と陶酔のため息を吐く。

工房でもらったカタログに載っている製品は、どれも美しい。氷のように冷たい光を放っているかに見えて、それでいてどこか懐かしくてあたたかい。

きれいだ。

表現する言葉を持たないほど。

でも、実物はもっともっと美しい。今日、工房を見せてもらってそう感じた。

「随分と楽しそうだね」

通路側に座る了さんに声をかけられた。彼は肘掛けに頬杖をついて、とても寛いだ顔をしている。その表情が家にいるときの様子を思い起こさせて、ちょっと切なくなった。

「私すっかり切子に魅了されちゃったみたいで。鷹山さんのお宅でも、うるさくしてごめんなさい」

「ううん。菜のかがそんなに気に入ってくれて嬉しいよ」

ふ、と微笑んだ顔が優しくて、胸がほわりとあたたかくなった。

やっぱり了さんといるだけで、すごく幸せな気持ちになる。京都に行く前はあんなに尖っていた気持ちが、今は嘘のように融けきっていた。

本当はお金の交渉をしなくちゃいけないのに、今はどうしても話したくなかった。残りわずかになったこの幸せなときを壊したくない。

「あの、了さんは職人さんとしてお父さんの跡を継ごうと思わなかったんですか？」

「あー、ああいうのはセンスがいるだろう？　俺はあんまり……兄貴と違って器用な方じゃないから」

「お兄さんがいるんですか？」

「うん。まったく別の道を歩いてるけどね。フィギュアの造形師なんだ」

「造形師？　なんか意外ですね」

フィギュアっていうと、秋葉原で売っているようなちょっと際どい美少女のキャラなんかだろうか。

「せっかく器用なんだから兄貴が跡を継いでくれればよかったのにな。まあでも、それは兄貴の人生だし」

そこまで言って、了さんは一度言葉を切った。それから嬉しそうな顔で私を見る。

「まあでも、鷹山さんがやっと首を縦に振ってくれたから、来年、都内に新しく工房を作る予定でいるんだ。江戸切子だから、やっぱり江戸に戻ろうと思う。その工房には、ミュージアムと学校を併設するつもりなんだ」

「ミュージアム？　学校!?　もしかして鷹山さん、先生になるんですか？」

「うん。その土地探しのこともあって、しばらくは都内にいることが多いと思う。早く工房を作りたいよ。いい職人がたくさん育つといいな」

にこにこと語る彼の話に、俄然心が沸き立った。

職人さんの説明を聞いて、切子ができる様子を見せてくれて、自分でも体験ができて。そこにいろんなデザインの切子製品がたくさん展示されていたら、とても素敵だ。

時が過ぎて、了さんが遠く離れた存在になってしまっても、そこへ行けば彼と一緒に京都の工房を訪れた思い出に触れることができるかもしれない――

「……どうした？」

急に黙ってしまった私を心配したのか、彼が顔を覗き込む。少し冷えてしまった頬を無理やりに持ち上げて「ううん。なんでもありません」と、にっこり微笑んだ。

東京を出発したときは本降りだった雨は、すっかり上がっていて空には星が出ていた。午前零時を直前に控えた東京駅。タクシーを待つ乗客以外、人影はまばらになっている。

ここを発ってからまだ十時間も経っていないのに、駅前の景色はだいぶ違って見えた。大きな駅前広場とロータリー。そこから伸びていく整然とした街並み。そびえたつビルのあいだに黒々と見える、皇居の森。

見えなかったものが、ちゃんと見えている。彼と一緒のときを過ごせたことで、気持ちが凪いだのかもしれない。

――よかった。あのまま終わりじゃなくて。

満ち足りた気分でため息を吐く。そろそろ本来の目的……彼に最後のお願いをしなくちゃ。

「了さん」

一歩先を行く後ろ姿に声をかけた。立ち止まった彼が振り返る。

そのとき、バッグの中でスマホが鳴った。取り出してみれば、画面に表示されているのは中惣さんの名だ。

……どうしよう。まだ了さんと話ができていない。

「電話に出たら?」

了さんに言われ、彼から顔を背けて、とりあえず電話に出てみる。

「はい。……はい、大丈夫です。……今ですか? 今は……、えーと。あっ――」

突然電話を奪われた。

「星見です」

電話の向こうから、『えーっ』という中惣さんの声が聞こえた。

「早速ですが、明日の朝時間を空けていただけませんか。……ええ。サンジェクスさんに融資させていただきます。提示いただいた額を朝一番でお持ちしますので、正確な数字を出しておいてください。では」

言うだけ言って、彼は一方的に電話を切ってしまった。

突然の出来事に、私は唖然として立ち尽くす。無言でスマホを返す彼を見詰めたまま、何も言うことができなかった。

京都に発つ前、星見邸の玄関前で言った記憶がある。

『助けてくれるなら、なんでもします』と。

だから、どんなことを言われても首を縦に振ろうと思っていた。

それが私にとってどんなに辛いことであっても、彼の望みなら、すべてを受け入れるつもりで。

だけど今、了さんは私に条件を提示する前に、融資の約束をした。それは一体どういうことだろう。

私も彼も、無言のままじっと見詰め合う。

永遠とも思える時間。

腹の探り合いに耐えかねて、先に口を開いたのは私の方だ。

「融資の条件を言っていただけますか。たいしたことはできませんけど、また家政婦でもなんでもやりますので」

「そんなことは望んでない」

「……え?」

ぴしゃりと言い放たれ、思わず瞠目(どうもく)する。

「これは俺にとってビジネスなんだ。中惣さんには事業資金として一般的な金利をもらうし、返済が遅れたら督促(とくそく)もする。そこに君が介入する余地はない」

彼が何を言っているのか一瞬わからなかった。予想していた返答とあまりにもかけ離れていて、頭の中が真っ白になる。

「あの……何か、条件は——」

すがるような気持ちで尋ねた。けれど、怜悧な光を放つ彼の眼差しは、まるで赤の他人を見るようだ。

「ないよ。俺は人でなしじゃない」

その言葉を聞いた瞬間、突き放されたような気持ちになった。

心がすうっと冷え、両脚から力が抜けていく。

彼が言ったことを、何度も反芻して咀嚼してみた。けれど考えれば考えるほど頭が混乱して、生まれかけた答えが次々と逃げていく。

気がつくと、ワンピースの裾を握って下を向いていた。

てっきり、戻ってこいと言われるのだと思っていた。もしもそう言われたら、今度は通いで、単なる家事代行サービスのスタッフとして、仕事だけに専念するつもりだった。

でも。

それはうぬぼれだったらしい。

彼にはもう、私が必要じゃなかったのだ。

東京駅の大時計は午前零時を指し、シンデレラの時間は終わりを告げようとしている。

私はゆっくりと深く、頭を下げた。

五秒。十秒。十五秒。

感謝の気持ちはそれくらいじゃ足りない。もしもこの先の人生、彼が困るようなことがあれば真っ先に駆けつけよう。私にできることなら、なんだってしたい。

顔を見たら泣いてしまいそうだった。だから、彼のローファーのつま先に目を落としたまま身体を起こす。

吐く息が次々と白いもやになって、顔を隠してくれるからちょうどいい。

「了さん、本当にありがとうございました。私、こんなに楽しかったのも、大事にされたのも初めてで……。素敵な夢を見せていただいて……本当に、本当に――」

喉元に嗚咽(おえつ)がせり上がってきて、慌てて顔を背けた。

これ以上なにも言うことはできそうにない。私は背を向けて走り出そうとした。が、その瞬間、強い力で腕を引かれ――

後ろから強く抱きしめられた。

「行かないでくれ。菜のか。君が……必要なんだ」

耳元にかかる彼の声は震えていた。

白い息が包む。

私の周りを。

私たちの周りを。

……彼は一体何を言っているんだろう。

思ってもみない展開に、膝が震えて力が入らない。

「君が好きなんだ。好きで好きで堪らないんだ。初めてなんだよ。こんな気持ちになったのは。……おかしいよな、この歳になって。笑ってもいいよ」

自嘲気味な笑い声が聞こえて、思わずぶんぶん、と首を振った。私を抱く彼の腕は震えていて、背中には激しい鼓動が伝わってくる。

……これは、告白なの？

彼が私を好きだとか、必要だとか。

信じられない言葉の羅列に、心臓が今にも弾け飛びそう。こんな王子様みたいな人が私を求めてくれるなんて、まだ夢の途中にいるんだろうか。

振り返って真意を確かめたい——そう思っているのに、抱きしめる力が強すぎて振り返ることができずにいた。

彼は私の髪に唇を埋めているようだ。うなじのあたりに息がかかって、そこだけやけに熱が籠もっている。

「家事代行とか、契約とか、そんなのはもうどうでもいい。ビジネスに関係なく、ただ菜のかと一緒にいたい。俺のこと、どういう男だと思ってた？」

「その……女慣れしてそうだな、って」

ふ、と彼は小さく笑った。

「そうだったら、こんなに手間取ってない」

「……うん」

「まるで見かけ倒しだよな。ごめん」

「うん。……うん」

と頷いたあと、思わずくすっと笑ってしまった。

言ってることがいちいちかわいらしい。彼には申し訳ないけど、頭を胸にかき抱いて子供みたいになでなでしたくなる。

腕の力が緩(ゆる)んで、やっと振り返ることができた。

正面から向き合った彼は鼻の先が少し赤くて、ふたつの目は潤(うる)んでいる。それを見た途端、胸の奥がきゅうっ、と啼(な)いた。

――ああ、やっぱり私、あなたが好き。

「今日、工房に連れていってくれた理由がわかりました。……ごめんなさい、あんなこと言って。了さんのこと、子供の頃からずっと裕福だった人なんだろうと思ってました」

「いや、いいんだ。それより、強引に攫(さら)うようなことをして悪かった。君は大切な人だから、どうしても本当のことを知ってもらいたくて。あんなことを話したのも、工房を見せたのも菜のかが初めてだよ」

「……嬉しい。大変だったんですね。でも、どうして教えてくれなかったんですか？　前に私が切子(きりこ)のグラスを洗ってしまったときに、お父様の作品だって言ってくれればよかったのに」

そう尋ねると、彼ははにかんだ笑顔を見せた。

「自分の苦労話を聞かせるのはあんまり得意じゃないんだよ。自慢みたいに聞こえるだろ？」

ふるふる、と首を振った。

「むしろ話してほしかった。そしたら、私——」

「聞いてくれればいつでも話したのに」

と、両方の眉を上げる了さん。けれど、クライアントのプライバシーに必要以上に立ち入ることはできない。私から尋ねることなんて、できなかったのだ。

「了さんが話さないから……」

「俺のせいなの？」

「そうは言ってません！」

なぜかお互いに、怒ったような顔になった。

その表情を先に解いたのは了さんだ。彼はとろけるような笑みを浮かべて、私の眉間に人差し指を当てる。

「ここ。痕がつくぞ」

つん、と突かれたところをごしごしと指で擦った。

「了さんでも怒ることあるんですね」

「怒ってないよ」

「ごまかさなくていいんですよ。それに、怒った顔もかっこいいです」

軽い気持ちで言ったのに、了さんの顔が見る間に紅潮した。

「な、何言ってるんだよ。菜のかの方が……ものすごく、かわいいよ」

と、照れくさいことを耳まで真っ赤にして言うので、つられて私まで赤面してしまう。

お互い顔を見られなくなった。

下を向いて、もじもじと指先を弄んで。

……なんだこれ。

何度も身体を重ね合った仲なのに、なんでこんなことが恥ずかしいんだろう。

そこへ、どこからかわざとらしい咳払いが聞こえた。

「私はいつまでこの茶番を見ていればいいんですかね」

私たちは同時に声のした方向を見た。思いのほか近くに立っていたのは、やっぱり鷹山さんだ。

「鷹山……！　趣味が悪いぞ、盗み聞きなんて」

「あなたに呼ばれたから来たんですが。お邪魔なら帰りますよ」

そう言って踵を返そうとする。

「ああ、ちょっと待ってくれよ。もうくたくたなんだ、自宅まで送ってくれ」

了さんが情けない声を出すと、私が見る限りで初めて、鷹山さんは心から楽しそうに微笑んだ。

彼は優し気にまなじりを下げたまま、私の方に向かってきた。

「菜のかさん。先日の非礼をお詫び申し上げます。社長を思うあまり、失礼を働いてしまいました。どうかお許しください」

深々と頭を下げられて、慌てて止める。

あのときの鷹山さんの行動をあとになってよく考えた結果、たぶん彼には何か思うところがあったのだろうという結論に思い至っていた。とはいえ、あの時点で彼が了さんの本心を告げてくれていたらこんなにこじれることもなかった、というのもまた事実。

「あのときのことはもういいです。でも、鷹山さんも意地悪ですね。了さんと一緒で何も教えてくれないんですから」

「申し訳ございません。社長が話さないことを、私があなたに告げるわけにはいきませんので。それに、彼はこう見えて不器用な男なんです。散々女性に振り回されたお陰で、必要以上に慎重になりましてね」

「えっ!?」

「ちょっ、鷹山……!」

了さんは彼の肩を掴んだけれど、鷹山さんはどこ吹く風だ。

「まあいいじゃないですか。……菜のかさん。これだけのルックスを持つ若者が急に金持ちになったら、どうなると思いますか？」

「それはもちろん、モテモテになるに決まってます！」

私が言うと、ふ、と鷹山さんの口角が持ち上がった。

「そう。当然のごとく、彼はモテた。高学歴の高身長、筋肉質な身体。そして、このルックスに札束がついてくるわけです。あるときから、女性たちはこぞって彼の尻を追いかけ回した。目の色を変えてね」

「鷹山……もうその辺にしないか」

睨みつける了さんの目が怖い。

過去の女性関係を知るのは怖い気もしたけど、でも、私としてはもうちょっと聞かせてほしかった。情報に飢えながらも立場上聞くことができなかった分、今の私は子供のように知りたがりなのだ。

今後の課題は、鷹山さんと仲良くなることだろう。了さんについて知りたいことがあったら彼に聞けばいい。

鷹山さんは、肩を竦めて私から一歩距離を取った。

「失礼。少し饒舌になってしまいました。今日は私にとっても嬉しい日でしたのでつい」

しれっとして言う鷹山さんの顔に含みのある視線を残したまま、了さんは私に向き直った。とても真剣な面持ちで、真っ直ぐに見詰めてくる。

「菜のかには嘘を吐きたくないから本当のことを言うけど、正直そういう時期もあったよ。だけど、どれも気持ちの伴わない恋愛だった。信じられる？　貧乏切子職人の息子が二棟目のビルを持った瞬間から、まるで石油王みたいにもてはやされるんだぜ」

眉尻を下げておどけた表情をする了さんに、すっかり肩の力が抜けた。

あの書斎で、リビングのソファで、私は彼から不動産投資について、少しではあるけれど教えてもらった。だから、それがそんなに甘いものじゃないということを知っている。

彼のきらびやかに見えるところだけに惹かれて集まる女の人はたくさんいるだろう。なぜ彼が、若くして不動産投資に手を出さなければならない状況になったのか、その理由を考えもせずに。

確かに、少し前までの私も彼の表面だけを見ていた。でも、今は違う。彼の苦労も努力も、すべてというわけではないけれど、ちゃんと知っている。

そして私にとっては、今目の前にいる彼そのものが、一番素敵に見えた。

「で？　買い付け証明はもう出されたんですか？　もしもまだなら、私が世紀のイベントの証人になりますが」

「かいつけ……？」

鷹山さんが言うことの意味がよくわからない。了さんの顔を窺ってみれば、彼はまあるく口を開けて困惑した様子でいる。

「彼女を不動産物件みたいに言うなよ。それに、今はその……手付金を持っていない。——あ、そうだ」

彼はパンツのポケットに手を突っ込んで、中をまさぐった。そしてその手を、私の目の前に差し出す。開かれたそこに握られていたのは、きらきらと輝く小さな光。

「……指輪？」

それは、ガラスでできた指輪だった。彼がはにかみながら小さく頷く。

了さんが私の左手を取って、薬指にそれをはめる。奥まで押し込んでもくるくる回ってしまうほど、その指輪は緩かった。

「子供の頃、父について吹きガラスの工房によく行ってたんだ。さっきも話したように俺は器用な方じゃないけど、細かいものを作るのは好きだった。ちょっと不格好だけど、案外よくできてるだろう?」

そう言って笑う彼の顔は、工房で見たときのように輝いている。

ガラスの指輪がはまった手を、私は目の前に持ち上げてとっくりと眺めてみた。

全体的にコロンとしたフォルムは、優美とは言い難い。リング状になっている透明のガラス部分は、幅が太いところがあったり細いところがあったりと均一じゃないし、トップについた丸い真紅(しんく)のガラスもやっぱりいびつだ。

それでも、私にはこれが女王様の宝石みたいにきらきらと光り輝いて見えた。小さな職人が丹精を込めて作った、一点ものの最高傑作(マスターピース)。

「きれい……こんな素敵なものをもらえるなんて、すごく嬉しい」

思わず指輪に頬ずりした。が、その左手を取られ、顔を上げる。

私の手を握ったまま、彼が突然濡れた道路に跪(ひざまず)いた。

「えっ……?　了さん?」

「ちゃんとした指輪は今度一緒に買いにいこう。俺はこの先の人生を、君と一緒に歩いていきたいと思っている。――菜のか」

真っ直ぐに私を見上げる彼の瞳は、月の光を取り込んでゆらゆらと揺れていた。

ごくり、と了さんの喉仏が上下する。唇を少しだけ舐(な)め、彼の手が私の手を更に強く握った。

「今度こそ、俺の……本当の奥さんになってくれる？」

「……えっ？」

その瞬間、胸に嵐が吹き荒れた。

心臓が止まったようになる。頭の中が真っ白になる。

耳が拾うのは、いつもより速い彼の息遣い。

目に映るのは、真っ赤な頬をして私の答えを待つ、不安気な彼の顔。

待って。

もう一度、なんて言われたのか確かめたい。

確か、指輪を買いにいくって？

この先の人生がどうとか。

そして、本当の奥さんになって、と。それって、本当の本当はどういう意味……？

ところが、頭が冷静さを取り戻すより早く、私の唇は勝手に動いていた。

「……はい」

「菜のか！」

立ち上がった了さんに強く抱きしめられた。そして、わしわしと背中を撫でて、髪に頬ずりして。

どうして彼はこんなに嬉しそうにしているんだろう。ああ、そうか。プロポーズが成功したから。

……は？　プロポーズ⁉

「よかった。本当にありがとう」

私の耳元で、了さんが心底安心したように深いため息を吐いた。背中に回された手から、じんわりとあたたかさが浸み込んでくる。

そこで、ふと大変なことを思い出した。

もしかして、あのパーティーの際にホテルで露呈した一件が、もうご近所に知れ渡っているんじゃないだろうか。たとえ今噂になっていなくても、きっといつかはみんなの知るところになる。それでは了さんに迷惑がかかるからと、あの場から逃げ出したのだった。

そのことを話したら、プロポーズの話はなかったことになるだろう。それでも、嘘を吐くわけにはいかない。勇気を振り絞って、洗いざらい話すことにした。

「あの、了さん……実は」

プロポーズの返事をしてしまったあとなだけに、消え入るような声しか出ない。

私の話を、了さんは私を包み込んだまま、うん、うん、と静かに聞いている。そしてすべてを話し終えたとき、彼は一層強い力で私をギュッと抱きしめた。

「君はそんなこと気にしなくていい。それより、辛い目にあっていたことに気づかなくて、すまなかった」

「了さん……」

話しているあいだじゅう、ずっと瞼の縁に引っかかっていた涙がぽろりと零れた。

「言いたいやつには言わせておけばいい。俺はそんなにやわじゃないよ。むしろ、それで菜のかが誰かに後ろ指を指されるようなことがあっても、絶対に俺が守るから」

そう言って了さんは、抱え込んだ私の頭をそっと撫でてくれる。

彼の声が優しくて、思いやりに満ちていて、涙があとからあとから溢れてきた。ストーブみたいに熱くなった頬を、次々と流れていく幾筋もの雫が冷やしていく。

「ありがとう……了さん。ありがとう」

背中に手を回すと、彼が立派な体格をしていることに改めて感服した。

見た目も中身も、おとぎ話の王子様みたいに素敵な人。

そんな彼に、私がプロポーズされるなんて……もしかして、まだ夢の中にいるんじゃないだろうか。

身体をほんの少しだけ離して、彼はとても愛おし気な眼差しで私の顔を見詰めた。

涙の痕を親指で拭って、もう一度優しく抱きしめてくれる。

髪に、瞼に、鼻先に、そっと口づけを落とす。

そして、最後は唇に――

「菜のか、愛してる。絶対大事にするから」

「……了さん、私も大好きです。あなたが好き」

「ありがとう。ああ……嬉しくて仕方がない。本当は自信がなかった」

耳の脇に手を差し入れて、彼は私の目を覗き込んだ。

「できるだけ早く結婚式を挙げよう。それで、お母さんを呼び寄せて、三人で一緒に暮らせばいい。家政婦を別に頼んでもいいし、お母さんと同居なら君だって少しは家事が楽だろう？」

突然飛び出した母の話題に困惑する。

「私の母を？　どうして？」

「……え？　だって、故郷でひとりで暮らしてるんだろう？」

いけないと思いつつ、やっぱり少しだけ笑ってしまった。

「ごめんなさい。お母さん、ひと月ほど前に再婚して幸せにしてるの」

母が今どうしているか聞かれたこともなかったし、自分から話したこともなかった。

なのにまさか、同居することまで考えてくれていたなんて……

ありがたいというか、申し訳ないというか。

私の話に、彼はホッとした表情を見せた。

「よかった。それじゃあ、寒い地域でひとり寂しく暮らしているお母さんはいないんだな?」

「うん。入籍してからもラブラブみたい」

頷くと、了さんは思わずつられてしまいそうになるほどの満面の笑みを浮かべた。

「で、今夜はうちに来るだろう?」

駐車場のあるビルに向かって歩きながら、了さんが尋ねた。鷹山さんの姿はいつの間にか見えなくなっている。気を利かせて、先に地下駐車場へ下りたのかもしれない。

「はい、もしよろしければ……泊めていただけますか?」

「他人行儀だな」

彼は、にやっと意地の悪そうな笑みを浮かべた。

「あー、ヤクザが取り立てに来るかもしれないオフィスに君を置いておくなんてできないし、それに、明日起きられなくて決済できなかったら大変だなあ」

「そっ、それだけはだめ！　ゼッタイ!!」

飛び跳ねて抗議すると、彼は高らかに笑った。

＊

帰りの車内ではふたりとも無言だった。

暗い後部座席。闇に紛れて絡めあった彼の指は、まるで行為のときのように私の指を犯した。

口を開いたら変な吐息が出てしまいそうで、私は唇を固く引き結んでいるしかなかった。

鷹山さんにお礼を言って別れたあと、玄関に入ると同時に抱き合った。お互いの身体をまさぐり、歯がかち合うほどの激しいキスをし、獣みたいに舌を追い求める。

身体は疲れ切っていたけれど、そんなことは関係なかった。

今抱き合わなければ死んでしまう——そんな気持ちでいる私たちを、一体どうして止めることなどできただろう。

うっすらと目を開くと、そこには美しい野獣のような瞳があった。肉感的な唇の裂け目から、ちろ、と赤い舌が覗く——

彼は強すぎる光を宿した鋭い眼差しで、私を射貫いた。

「早く……君が欲しい」

その言葉に、ぐん、と身体の奥で何かがせり上がった気がした。また新たな蜜が零れる。

再び、甘く獰猛な口づけが始まった。

吐息と舌と、喘ぎが絡み合う。

彼は両手で私の頭をがっしりと抱え、息ができないほどめちゃくちゃに貪った。

ムードなんていらなかった。

お互いが欲しくて、恋しくて。

早くひとつになりたい、ただそれだけ。

リビングの扉を、私たちは唇を合わせたまま潜った。もつれるようにソファに倒れ込み、覆い被さってきた彼が、首筋に唇を這わせる。吹きかかる吐息がくすぐったくて、つい首を竦めてしまう。

彼の唇が、体温の高い頸動脈に沿ってキスを繰り返し、首筋を経由して、鎖骨へと移動していく。

途中、皮膚の薄いところを何度も痛いほど吸い上げられた。きっと痣になっているだろう。彼に所有の証をつけられるなんて、嬉しくてどうにかなりそうだ。

彼が身体を起こして服を脱ぎ、次々と床に放り投げていく。顕わになっていく、逞しく張り詰めた筋肉。

ボクサーショーツの真ん中は直視するのが恥ずかしいくらいに尖っていて、その先端が濡れているのがはっきりとわかった。

私も急いでニットの裾に手をかけ、がば、と一気に脱ぎ去った。

キャミソールも脱いで、ブラも外して、ストッキングも脱いで。

ショーツ以外は全部自分で脱いでしまった私に、彼の口元がちょっとだけ緩(ゆる)む。

了さんはソファに座って、「おいで」と言った。

彼の脚の上に向き合って座れ、ということのようだ。けれど、股間に腰を下ろすのはちょっと気が引けて、お腹の方に腰かけてしまった。すぐに私の状態に気づいたらしい彼が、妖艶(ようえん)に微笑む。

「濡れすぎ、菜のか。何考えてた？」

囁(ささや)いて、私の唇を親指で撫でた。

「……エッチなこと」

「エッチなこと？　どんな？」

背中をさすっていた彼の手がさりげなく下がっていき、お尻を覆うショーツの中に忍び込んでくる。丸みを愛(め)でるようにゆっくりと撫で回し、徐々に際どいところへ侵入しようとする不埒(ふらち)な指。

彼の両目は、闇の中で炯々(けいけい)として濡れている。

私の言葉を心待ちにしているんだ。期待と興奮を持って。

「了さんの……身体のこと。あなたとキスをして、抱き合って。いろんなところに触れるの。たとえば、鎖骨とか、胸とか、背中とか――」

指先で、すす、と彼の乳首をなぞった。彼は、ごくりと唾をのみ込む。

「それで……あなたの、硬くなった……雄の部分が、どろどろに溶けた私の中に――」

そのとき、くちゅっ、という淫らな音とともに全身が仰け反った。ああっ、と大きな声が唇から迸る。

お尻の方から回り込んだ彼の指が、私のぬかるみの中に突き立てられていた。

「あ、あっ……は、ん、ああっ……」

ずくずくになった私の中で、彼の指は生きものみたいにうごめいた。捏ねるように、円を描くようにそこを撫で回して、リズミカルにとても卑猥な音を立てる。

……ああ、でもこれじゃない。私が欲しいのは、もっと太くて、猛々しくて、鉄のように硬くなったあなたの楔――

その待ち焦がれたものが、お尻の谷間でびくん、と揺れた。

興奮しきった深い吐息が、彼の唇から零れ落ちる。

「ああ、菜のか……すごくきれいだ。かわいい。とても我慢なんてできない」

「来て……ずっと、こうしたかったの」

私を乗せたままお尻を浮かせて、彼は自分のショーツを下ろした。枷を失った鉄の塊が、お尻に当たって力強く脈打っている。そして、彼の指は私のショーツのリボンを解き、ただの薄布と化したものを後ろから引き抜いた。

熱を持った場所が、ぴたりと密着する。期待にずきずきと疼く蜜口が、彼の侵入を今か今かと待ち構えている。

もう胸が焦げつきそうだった。

軽く身じろぎすると、ぬちゃり、という猥雑な音が響いた。

私を見詰める彼の双眸は燃えるように熱く、抑えがたい欲望に濡れそぼっている。

ごくり、と私も唾をのみ込んだ。彼の眉が、ぴくりと動く。

息が詰まるような駆け引きに、瞬きすらできなかった。神経は研ぎ澄まされ、鼓動が最大限まで高鳴る。

彼が私のお尻を掴んで持ち上げた。それに合わせて、私はお尻を後ろに突き出す。

充血しきった入り口に、硬い切っ先が押し当てられた。

「あ……は、あ――」

震える息を吐き出しながら、熱い鉄杭の上にゆっくりとお尻を沈めていく。

呼吸が止まるかと思った。

膨らみ切った私の中を、欲望に滾る彼自身がぎちぎちと音を立てながら満たしていく。

私たちを隔てるものは何もない。薄い膜一枚だって許さない。

完全にひとつになる瞬間。

そう、これだ。これが私が欲しかったもの。

熱い刀身は今や完全に私の中に埋もれ、その生命力を誇示するように力強く脈打っていた。

お互いにもう我慢の限界だった。一旦腰を引いた彼が、次の瞬間ひと息に突き上げてくる。

「あっ、ああっ……んっっ!!」

熱い肉杭が隘路(あいろ)を駆け抜ける。私の中が勝手にギュッと締めつけた。

もう一度入り口近くまで引き抜き、彼は堰(せき)が切れたように何度も私の奥までを貫(つらぬ)く。

私の内部の至るところが酷(ひど)くこすられ、眩暈(めまい)が起きそうなほどの快楽が波となって押し寄せた。

「ごめん、ちょっと俺……ゆっくり、できない」

食いしばった歯の隙間から、彼は狂おしげな声を洩(も)らした。

見れば、とろん、とした瞼(まぶた)に、上気した頬。あまりにも色っぽくて、胸の奥がむずむずする。

この顔を誰にも見せたくない。心の底からそう思った。

彼の唇の中に、胸の頂が吸い込まれる。

舌先で転がされ、小刻みに噛まれたら、もう震えが止まらなくなった。

甘く痺れるその感覚がお腹の中を通って、彼を包み込む場所へより深い快感を伝える。

バストを弄ばれたまま、私も獣のように腰を振り続けた。快楽も、痛みも。もっともっと、彼が与えるもの、すべてが欲しい。

喉がひりひりするほど喘いで、肌に痕が残るほど爪を立てて。

やがて、身体の奥の深い場所にもどかしい感覚がじわじわと募ってきた。

最初は分散していたそれが、どんどん真ん中に集中し、自分ではどうにもできないくらいに高まっていく。

「あっ、あ——了さん、私、もう少しで……いきそうっ……」

「んっ……俺も、一緒に……ッ」

彼は猛々しく腰を振りながら、同時に親指で花芽を捏ね回した。膨れ上がった蜜洞の中で、怒張を続けるマグマの塊。

苦しくて、苦しくて、もう頭がどうにかなりそう。

あの感覚が鋭く尖ってきた。

いよいよそのときが迫り、思考に霞がかかる。

「あ、ああ、いっちゃう、いっちゃうっ……了さぁんっっ——」

「菜のか、菜のか……っ――」

最大の喘ぎは、熱い口づけにのみ込まれた。

もみくちゃになるほど抱きしめ合い、お互いの身体をまさぐりあって。

暴力的なまでの快感が一気に膨れ上がり、そして真っ白に弾け飛ぶ。

私をめちゃくちゃにした彼自身が、一番奥の深いところに命の種を解き放った。


静寂のときが訪れ、汗ばんだ彼の胸にぴたりと頬を寄せた。

耳に伝わってくるのは、鎮まっていく呼吸と、なかなか収まらない鼓動。

私の中に自分自身を残したまま、彼は動こうとしなかった。

ひとつになれた悦びを噛みしめている。愛おしんでいる。私にはわかる。

「俺にこうして抱かれるのが、嫌なんじゃないかと思ってた」

「了さん……」

私の髪を梳きながら、ぽつり、と洩らした彼の言葉に戸惑う。そんなの、まったく考えたこともなかった。むしろ抱かれたい、いつだって重なっていたい、ずっとそう思っていたのに。

「そんなことない。それは絶対にない。ねえ、私があなたの腕の中にいるとき、どんなことを考えてるかわかる？」

彼は黙って首を振る。

その盛り上がった胸筋に頬を預けたまま、ゆっくりと太い鎖骨に指を這わせた。

「幸せだなあ、って。あなたに抱かれているときはいつも幸せ。たぶん、あなたが想像する以上に」

彼は大切なものを抱えるように、そっと、それでいて強く私を抱きしめた。

「菜のか、愛してる。一生大事にする」

「私も。了さん……あなたに出会えてよかった」

＊

「今回の必要資金と当面の運用資金として、ここに三〇〇〇万あります。銀行の営業開始とともに当座預金口座に入金してください」

応接セットのテーブルの上には、帯封のついた札束がどん、と置かれていた。

それを挟んで対峙する、了さんと中惣さん。その隣に、それぞれ私と美奈ちゃんが座り、鷹山さんが少し離れたところに立っている。

昨夜、東京駅前で約束した通り、了さんは朝一番で融資の準備を整えてくれた。

狂ったように求め合った私たちは結局あのまま夜を明かし、外が白む頃になってやっと互いの身体を離した。だから、今朝、彼を叩き起こす必要はなかった。鷹山さんはちょっと微笑んでいた。

後部座席で欠伸（あくび）を噛み殺す私たちをバックミラー越しに見て、鷹山さんはちょっと微笑んでいた……ような気がする。

サンジェクスへ向かう途中の車内で、了さんは融資する上でのたったひとつの条件を私に教えてくれた。すなわち――

「今回の融資に当たって、ひとつ条件があります。有限会社サンジェクスの経営権を私にお譲りいただきたい。もしも異論があるならば融資はご破算です。……いかがですか？」

よく通る声で了さんが伝える。

やっぱり条件が何もないわけじゃなかった。それを今朝まで私にも言わず、のっぴきならないこの状況にきて初めて中惣さんに言うんだから、了さんて人は。

正面に縮こまっている中惣さんは頷くしかなかった。が、さして打ちひしがれてもいない。むしろ大きな責任が肩から下りて、ホッとしているようにも見える。

「ええーーっっ！　じゃあ、星見さんが社長になってくださるんですか!?」

美奈ちゃんはというと、あからさまに嬉しそうな顔を見せた。

「ちょっと美奈ちゃん！」

中惣さんがかわいそう！

了さんが気の毒そうに微笑む。

「いや、私は本業で忙しいので、経営責任者に徹するよ。だから、中物さん」

「はいっ」

「現場は引き続き、あなたにお願いしたい。私はあくまでも最終責任者。実際に仕事を取り仕切るのは中物さんです。いいですね」

そう言われた瞬間、中物さんは今にも泣きそうな笑みを浮かべた。

よかった。いくら経営の才覚がないとはいえ、この会社は彼にとっての夢だったはず。ここを追い出されたら中物さんはもう立ち直れないんじゃないか、そう思っていたから。

「それではさっそく今から手続きに入りますが、面倒なことはすべてこちらにお任せください。今後のことですが、支払い関係のみ一度私を通すことと、何かあったら報告、相談することを徹底してもらいます。鷹山、手配を頼む。佐木さん――」

「はい」

「今日の決済がすんだら、銀行口座関連の資料を私に提出してください。いいね？」

「はいっ！」

「いい返事だ」

了さんは、にこっと私に向かって微笑んだ。すると、隣にいた美奈ちゃんが、

「あーっ！」と声を上げる。

「ずるーい！　菜のかさんだけ優しくされてるー！」

「フィアンセなんだから仕方ないだろう？　美奈ちゃんには俺が残ってるじゃ――」

口を挟んだ中惣さんを、どん、と美奈ちゃんが突き飛ばした。

「もう、私もかっこいい彼氏が欲しい！」

「美奈さんにも期待してますよ」

了さんに優しく微笑まれ、美奈ちゃんは「ファーーー！」と舞い上がった。

話し合いはあっさり終わり、当座預金への入金も無事にすんだ。今日はこのあと、中惣さんと美奈ちゃんは会社譲渡に向けての書類の整理だ。昨日大忙しだった私は半休をもらい、了さんと一緒にオフィスを出た。

「これでよかった？」

ビルの廊下を歩きながら、了さんが優しく微笑みかけてくる。

「はい。ありがとうございます。……でも、完全に赤字事業じゃないですか？」

「今までどうやっていたのか知らないから、まだなんとも言えないけど。でもそうならないよう、今後しばらくは毎月監査を入れるつもりだ。それに、赤字になるには理由がある。俺だったら、三か月で経営を立て直してみせるけど？」

彼は自信満々の笑みを浮かべて見せた。

了さんが言うからには、きっと口だけじゃないはずだ。これ以上ない安心感をもらった気がする。

ホント、かっこいいんだから！

あたたかい日の光が差し込むコーナーを曲がった。エレベーターに乗り込んで一階を押す。

ぐん、と箱が下がり始めて、あの日ここで了さんにキスされたことを思い出した。にやにやが止まらなくなったのでさりげなく髪で隠した……つもりが、サイドの髪を指でかき上げられた。はっ、と顔を上げる。

「二階はまだ空きテナントみたいだ。寄ってく？」

「……ちょっ、何言ってるんですか！」

反論しても、彼は本日もどこ吹く風。あの日と同じように、壁ドンして見詰めてくる。

散々抱かれたはずなのに、未だに私をクラリとさせる彼の匂い。淡い瞳の吸引力。……もう、なんでそんなにセクシーなの？

真っ赤になった私の頬を両手で挟んで、彼は極上の口づけをくれた。

甘く甘く、とろけるように淫らなキスは、底の見えない快楽の淵へと今日も私を連れていく。

後日談　愛の宴にとろける夜

衝撃のプロポーズから三日が過ぎても、私はまだ、夢の中をふわふわと漂っていた。
彼の指先は毎晩のように私の肌を滑り、唇は愛の言葉を囁き続ける。
ガラスのように透きとおった明るい瞳。
肉感的な唇。
しっかりした顎。
深みのあるよく響く声。
彼の匂い。
指の感触。
それから、昨日の晩どうやって抱かれたか。ベッドの上でどんなことを囁かれたか。
どんな風にキスされたか――
はあぁ……
家じゅう掃除機をかけながら、はたまた洗いものをしながら、ふと思い出してしまい、気づけば手を止めてうっとりしている。ふたりで過ごす蜜月はますます甘くとろけ、この屋敷全体がパウダーピンクの綿菓子に包まれたよう。

……ああ、まだ信じられない。あんなに素敵な人の奥さんに、この私がなるなんて――

プロポーズの翌日、「こういうことは早い方がいい」という了さんの言葉を受けて、秋田で暮らす実家の母のもとに挨拶に行ってきた。

母も、再婚した父もとても喜んでくれたけど、そこは向こうも新婚だ。「おめでとう」に続く言葉が、「私たちみたいに幸せになってね」だったので、思わず了さんと顔を見合わせて笑ってしまった。

まさか、結婚の挨拶に行って逆に惚気られてしまうとは。でもとにかく、母も新しい父もとても幸せそうだ。いい人と一緒になってくれて、本当によかった。

そうして遠路はるばる秋田まで行ったのに、私たちが日帰りしてきたのにはわけがある。

実は、この結婚にあたり私が一番気になっていたのは、ご近所への対応だ。

腰越建設のパーティーの際、本当は家政婦であることが荒巻さんにバレてしまったのは、痛恨の痛手だった。私が星見邸に戻ったのはあれから二日が過ぎた頃だったから、もうすっかり噂がご近所じゅうに広まっていると思っていたのだ。

そこで秋田に行って帰ってきた翌日――つまり昨日――荒巻さんのお宅にふたりで弁解に行ったのだけれど……

驚いたことに、荒巻さんはあの日知ったことを周りには黙っていてくれたらしい。

荒巻さんは、政治家や大会社の重役ばかりが暮らすこの街で、実は自分も少し引け目を感じていたのだと教えてくれた。

彼女のご主人は、中堅企業の部長をしているそうだ。それでも、この地域に一戸建てを構えるくらいだから、相当収入はあるのだろうと思う。

けれど、彼女曰く『格が違う』のだとか。

正直な話、私には違いがよくわからないし、他人と比べても仕方がないことのように思えるけれど。

芳名帳に書いた名前が違う、と別の女性に指摘された件は、了さんが適当に濁してくれた。

『ほら、苗字が変わったばかりだと、つい旧姓を書いてしまったりしませんか？』とにっこり微笑まれて、荒巻さんはすっかりやられてしまったらしい。

さすがはイケメン、恐るべし。何があっても、このスマイルさえあれば、世の中すべてうまくいきそうな気さえしてくる。

荒巻さんが、思っていたような人じゃなかったんだとわかって、嬉しいやら申し訳ないやらで胸がいっぱいになった。

お向かいさんとは、とても仲良くなれそうだ。

そんなわけで、あとはこの幸せを形にするだけになった。

結婚式はできるだけ早く挙げよう、と彼は言ったし、私もそうしたいと願っている。

できればふたりきりで、海外のリゾート地で挙げられたらいいなあ、なんて。

けれど、なにぶん初めてのことだから、何をすればいいのか、何から手をつけたらいいのかわからない。そこで、とりあえず結婚情報誌を買ってみたのだけれど――

本屋さんで手に取ったとき、あまりの重量におののいてしまった。

厚さにして四センチはあろうかという雑誌には、両家への挨拶の手順から、おすすめの手土産、エステに引き出物に会場の飾りつけ、ホテルウェディングの情報までが事細かに載っている。

それに加えて、別冊になった付録のクオリティがまた素晴らしい。

中でも、旬のドレスを紹介したカタログは、モデル、写真、デザインとも素晴らしく、眺めているだけでとても幸せな気分になれる。これがなんと、すべてまとめてこのお値段で？　と驚くと同時に、これからやるべき作業の多さに、早くも心折れそうな気配だ。

ぱらぱらとひと通りページをめくってみても、段取りの煩雑さにため息しか出ない。

結婚って、こんなに大変なことだったんだ。

どこかのホテルで式と披露宴をとりおこなって、役所に婚姻届けを提出すれば終了だと思っていたけど……

世の中にいる数多のカップルが、みんなこの波を越えてようやく夫婦になったんだと思うと、ちょっと感動的な気もする。

「菜のか」

お風呂からあがった了さんが、リビングにやってきた。誌面から顔を上げてみれば、はだけたバスローブの隙間に覗く素肌が目に飛び込んでくる。

きれいに割れた腹筋と、その下にある立体裁断の黒いボクサーパンツ。

気づけば釘づけになっていて、慌てて手元の雑誌に目を戻した。

「どう？　気に入ったドレスとか、あった？」

隣に腰をかけて、彼は私の膝に手を置く。そして首を傾げ、深く見詰めてくる。

「ううん。まだざっと見てるだけ。なんだかいっぱいありすぎて迷っちゃいそう」

彼は「そうか」と言って、私が開いていたページを覗き込んだ。

「君は華奢だから、肩が開いたものが似合いそうだ。たとえば……こんなのとか」

了さんが指さしたところには、ドレスに身を包んだモデルさんを斜め後ろから写した写真があった。

上はシルクサテン地のタイトなビスチェ。腰から下はふんわりと盛り上がり、華やかなロングトレーンが床を覆い尽くすほどに広がっている。

ため息が出るほどゴージャスだ。写真の上の見出しには、『正統派のプリンセスラインで格調の高さを演出』と書いてある。

「とっても素敵……。でも、私じゃ着られてるみたいになっちゃうんじゃないかなあ」

言いながら、了さんの顔を見る。

彼は何も言わず、唐突に私の胸元に手を伸ばした。ブラウスのボタンをゆっくり外し、上から四つほどが外れたところで、ぐい、と肩をむき出しにする。そして、髪を後ろでくしゃくしゃに束ね上げた。

「菜のかは首筋から胸にかけてのラインがとてもきれいだ。特に、ここ」

「んっ」

すす、とうなじの生え際を指が滑（すべ）り、思わず首を竦（すく）めた。

全身くすぐったがりの私が特に弱いのが、首だ。それを知っててふざけてやっているんだと思った。

ところが彼の目は笑ってはおらず、一見すると真剣そのもの。これは私が知る限り、お腹の中で悪いことを考えているときの目つきだ。

「首筋から肩への丸みもセクシーだ。肌はシルクみたいに滑らかだし——」

ちゅ、と首筋に口づけが落ちる。

「柔らかな触り心地もいい」

「あ……ん」

唇は食むように、鎖骨へと移動した。

ぞくり、と甘い震えが駆け上がる。

触れたままの唇から、うーん、と低く唸る声が骨に直接響いた。

「しゃぶりつきたくなる」

「あっ……了、さん……っ」

そのまま圧しかかられて、ソファに横倒しになった。どすん、と鈍器のような音を立てて、結婚情報誌がカーペットを叩く。

彼の膝が私の太腿を割り、スカートの裾から忍び込んだ指がお尻の丸みを撫で擦った。

心地よい重み。大きな身体に押し潰されていると妙に安心する。でも——

「ね、私、まだお風呂に入ってないの！」

ばしばし、とパイル地の背中を叩くと、彼は私の胸元から顔を上げた。突き通すような鋭利な眼差しに、濡れた前髪がはらりとかかる。

「何も問題ない。俺としては、むしろ舌で洗ってやりたいくらいだ」

素早く顕わにされた胸の膨らみを、ぺろり、と彼が舐め上げた。

舌先が軽く頂に触れた瞬間、身体の芯がきゅう、と疼く。

お尻を撫でる手のあたたかさ。

太腿に当たる熱い肉欲。

私の中の女の部分が、どろりとした甘い蜜床をじわじわと形成していく。

「ああ……ん、……やん、待ってぇぇ……」

力ない抵抗は完全に無視される。

唇を塞がれたら、もう観念するしかなかった。

艶めかしく動く熱い舌と、ショーツのラインをなぞる不埒な指先。

甘く淫らな息遣いに翻弄されながら、ああ、今夜はこうして始まるんだなあ、と、とろけつつある意識の端でぼんやりと考えた。

＊

その次の水曜日のこと。私たちは婚約指輪を探しに出かけることにした。高級ジュエリー店にはブライダルカウンターが必ずあって、コンシェルジュが懇切丁寧にリング選びをサポートしてくれるらしい。

実は了さんは私に内緒で、プロポーズの翌日にいくつかのお店に予約を入れていた。

さすが、抜け目がない。

仕事ができる人は、だらだらと意味のない時間を過ごすことなんて思いつきもしないんだろうか。

お化粧をすませて、淡いピンクのワンピースに白のコートを着た。戸締りを確認したのち、玄関でファーのついたショートブーツを履く。このブーツは彼のお気に入りだ。かわいい、と言ってくれるといいな。

表へ出た途端に、きれいな空気がすうっ、と胸を満たしていった。

今日は雲ひとつない晴天で、結婚準備の第一歩を迎えるにふさわしい天気だと、朝からふたりで話していたのだ。

先に身支度を終えた了さんは、庭に咲く花を眺めて待っていた。

彼はシンプルな白いシャツの上に、ショート丈の紺色のピーコートを羽織っている。タイトなデニムに包まれた、引き締まったお尻とすらりと伸びた長い脚。つま先の尖ったショートブーツが男の色気を醸し出している。やや腰を突き出した体勢でポケットに手を突っ込んでいる姿は、そのまま雑誌のグラビアを飾ってもなんら不思議はないほどのかっこよさだ。

了さんが振り返った。私の全身をくまなく眺めて、陽だまりのような表情を浮かべる。

「菜のか。今日もかわいいよ」

「ありがとう。了さんこそ、モデルみたいよ」

私の言葉に軽く微笑んで、彼は手を差し出した。その手に自分の手を重ねて、玄関から続くアプローチを歩いていく。

風は冷たいけれど、降り注ぐ日差しは春みたいにあたたかかった。

春になったら、ガゼボで了さんとランチを食べよう。咲き乱れる花々に囲まれて、優雅に紅茶を飲みながら、ふたりそれぞれ気に入った本を読んで。

……ああ、なんて贅沢(ぜいたく)なんだろう。

春が来るまでにおいしいケーキ屋さんを見つけておかなくちゃ。スイーツ好きの了さんのために、私がケーキを焼いてもいい。

手を引かれながら、私はひとりにやにやしていた。が、ガレージの前で立ち止まった彼が急にこちらを振り返ったので、慌てて真顔に戻す。

「じゃ、今日はまず、お手並み拝見といこうか」

「え?」

彼は楽しそうに笑って、繋(つな)いでいた手と反対の手を私の目の前に差し出した。

ぱっ、と開いたその手のひらには、真新しい、きらきらと輝くスマートキーがのっている。私が運転免許を取った夜に、パンフレットを広げてどれにしようかと迷っていた新車のキーだ。

あの免許取得パーティーののち、了さんは私が候補に挙げた中から、性能、燃費、運転しやすさについて更に細かく吟味したうえで、一台の車を購入していた。日本のメーカーの、人気のハイブリッド車だ。

その車が、ついに昨日納車された。色は鮮やかなスカイブルー。街乗りが軽快と謳われているコンパクトカーである。

「君の運転を上達させる機会が思いのほか早く巡ってきたな。初めてのドライブにお付き合いできることを光栄に存じます、奥様」

と、彼はお伽噺の王子様みたいに、大げさにお辞儀をした。

「ちょっ……、そんな、いきなり都心を運転とか無理だから！」

「この辺と変わらないよ。教習所での感覚を忘れないうちにどんどん練習した方がいい」

了さんの言うことはすごくよくわかる。それに、私もせっかく取得した運転免許証を高級な身分証明書にするつもりはない。

だけど、最初は田舎のゆったりした道路で練習したいのだ。いきなり都会の片側三車線なんて走ったら、私だけじゃなく、了さんの命にも関わってしまう。

「いやー、私の運転で了さんの身に何かあったらと思うと、胸がドキドキしちゃって」

「胸が？　どれ」

むにゅっ、と唐突におっぱいを掴まれて、小さく悲鳴を上げた。もう、ここは外なのに、なんてことを！

きょろきょろとあたりを見回していると、了さんは楽しそうに笑いころげた。

「ちょっと、了さん！」

「菜のかはいちいちかわいいな。よし、特別に今日は俺が運転しよう。ただし、貸しひとつで」

「貸し？」

「そう、貸し」

にやり、と彼はこの場に似つかわしくないセクシーな笑みを浮かべた。その顔を見た瞬間、どきん、と激しく心臓が高鳴る。

「了さん、悪い顔してる」

「そう？　元からこの顔だけどな」

いやいや、これはきっと何かたくらんでいる顔だ。

たぶん何か、エッチなこととか……

「じゃ、行こうか、奥さん」

しれっと腰に手を回してくる了さんの顔を、私はまじまじと見詰めた。

＊

予約していたジュエリー店には、小一時間ほどで到着した。

銀座の表通りに路面店を構えるそのブランドは、女性なら大抵は知っているような有名店だ。

ビル全体の外壁は、磨き上げられた黒御影石(くろみかげいし)でできていた。ガラス張りになった店舗部分は天井が高く、淡いグレーの壁紙とロイヤルブルーの絨毯(じゅうたん)が、ラグジュアリーな雰囲気を醸(かも)し出している。店内を覗いてみれば、カウンターで向き合っているお客さんも店員も、みんなおしゃれで上品で――

いかにも高級店といった風情に足がすくんだ。こんなお店、ひとりじゃ絶対に入れない……

「さ、入ろうか」

そう声をかけられて、彼の手をきつく握りしめていたことに気づく。彼は優しく微笑んで、私の手を引いて店内に足を踏み入れた。

「どうぞ、こちらでございます」

すらりとしたきれいな店員さんに案内されたのは、お店の奥にあるブライダル専門のカウンターだった。個室になっているので、これなら周りを気にせず心ゆくまでリングが選ぶことができる。

深い青色の絨毯に、黒い布張りの壁。ほの暗い室内を照らすダウンライトは、ダイヤモンドを最高に美しく輝かせるための演出だろうか。

通常の店内に比べて更に高級感を増した、上質で洗練された空間だ。

一点の曇りもないショーケースの中には、雑誌で見た、ブランドを代表するデザインのリングが飾られていた。ペアの結婚指輪を真ん中にして、それを挟むようにエンゲージリングがふたつ。

「はあ……素敵」

思わずため息が洩れた。どちらのリングにも、真ん中には大きなダイヤモンドが輝いている。きらきらと反射する光に、早くも胸が破裂しそう。

「星見様、御新婦様。お待ちしておりました」

やや年配の男性がやってきて、両手を重ねて深々と腰を折った。差し出された名刺には、彼がこの店の店長であることと、ブライダルコンシェルジュを兼任していること、更に宝石に関するいくつかの資格を持っていることが書かれている。

了さんとコンシェルジュのあいだで雑談が交わされたあと――そのあいだ、私はがちがちに固まっていた――早速いくつかお持ちいたします、と言ってコンシェルジュは奥に消えた。

「……大丈夫？」

すかさず了さんが私の顔を覗き込む。そんなに硬い表情をしていただろうか。

「よ、余裕です」

「とてもそんな風には見えない」

くすくす笑いながら、彼はカウンターの下で私の手をそっと握ってくれる。

そこへ、コンシェルジュが戻ってきた。白い手袋をはめた手に、黒いビロード張りのトレイを持っている。

「どうぞ、お手に取ってご覧ください」

間近に置かれたトレイの中を見て、思わず目をみはった。

黒いビロード生地のリングホルダーには、定番の立て爪タイプから最近人気だというエタニティリングまで、何種類もの指輪が並んでいた。そのリングにはめられたいくつものダイヤモンドが、目も眩むほどのまばゆい光を放っている。

中でも一番華やかなデザインのリングを見た途端、私はそこから目を離すことができなくなってしまった。

そのダイヤモンドの透明感は、息をのむほどに神秘的だった。

磨き上げられたプラチナが描く、女性らしい華やかさを持つ優美な曲線。中心には、圧倒的な存在感を放つ大粒のダイヤモンド。その周囲には、小さなダイヤの列が。薔薇の花びらを思わせるその並びが、中央のダイヤモンドを優しく包み込み、引き立てている。

了さんが右手を差し出すと、コンシェルジュがトレイからリングを外して手のひらにのせた。続いて彼は、私に向かって左手を差し出す。

「菜のか」

優しく微笑まれて、おずおずと彼の手に自分の左手を重ねた。それが震えていたからか、了さんが軽く握ってくれる。

天井から降り注ぐ明かりに、燦然と輝くダイヤモンド。

リングがフレンチネイルの指先を潜り抜ける。きらきらと光が踊る。

その瞬間、魔法にかかったように心が震えた。

サイズを測ってもいないのに、奇跡的にぴったりだ。まるで、このリングが最初から私のものだったかのように。

ダウンライトの明かりのもと、その光は万華鏡のごとくいろいろな顔を見せた。

澄み切った光の中に隠された、銀、青、グリーンといった色とりどりの輝きを生み出すプリズム。

そのきらめきは、一瞬だけのもの。波間をさんざめく光のように、追いかけても追いかけても、あっという間にどこかへ消えて、捕えることは叶わない。

目も眩むほどの美しい輝きに、この小さな石が人を惹きつけてやまない理由が、ようやくわかった気がする。

「よく似合ってるよ」

声をかけられて、はっと我に返った。その瞬間、自分の心臓が壊れそうな勢いで騒ぎ立てていることに気づく。

隣には、とろけそうな笑みを浮かべて私の顔と手元を眺める了さん。そのシャツの袖を掴んで、ふるふるふるふる、と首を振った。

「どうした? あんまり気に入らない?」

「ううん、そうじゃなくて」

こんな素敵なリング、気に入らないはずがない。現に今だって声をかけられるまで、魔法にかかったみたいにきらめきの世界にトリップしていたくらいだ。

私が言いたいのは、気に入った気に入らないではなく、現実的じゃない、ということ。見ているだけでくらくらするような、海外セレブ御用達といったゴージャスな指輪。たぶん値段を知ったら倒れてしまうだろうほどの高級品だ。こういうものは見て楽しむものであって、実際に買ったり身につけたりするものじゃない。

コンシェルジュは小声で話す私たちの様子に気を使っているのか、聞いてないふりをしてカウンターの向こうで何やらごそごそとやっている。

座ったまま伸び上がって、了さんの耳の近くで囁いた。

「こんなにすごい指輪、私、できません」

ぶるぶると震える指を、彼が優しく握る。

「大丈夫。菜のかはできる子だからすぐに慣れるよ」

そう言って彼は、「もっと大きな石はある？」とコンシェルジュに尋ねた。

「かしこまりました」

スーツの前で両手を重ねて、コンシェルジュは腰を折る。近くにいた女性店員に何ごとかを告げると、彼女はすぐに店のバックヤードへ引っ込んだ。

……ちょっと了さん、何言ってるの？

シャツの袖をつんつん、と引っ張ってみても、困った顔をして見せても、彼はただにこにこして私を眺めるだけ。一体何を考えているのかさっぱりわからない。

奥から戻ってきた女性から手渡された小箱と鑑定書を、コンシェルジュは私たちの前に置いた。

「こちらは一・八五カラット。こちらは二・二カラットのルースでございます。同じデザインの台にセットすることができます」

紺色のビロードケースの中には、指輪ではなく、カットされただけのダイヤが収められていた。そのあまりの大きさに、一瞬目を逸らしてしまう。

私が今試着しているリングの石に比べて、一回りは大きい。二・二カラットのほうは、直径が一センチ近くあるんじゃないだろうか。

了さんは大きい石の方のケースを手に取って、私の左手のダイヤと見比べた。

「へえ、立派だな。パーティーなんかのときにはよく映えそうだ。菜のかはどう思う？　もっと大きい方がいい？　……菜のか？」

「どう思う、って」

全身の力が抜けて、へなへなと彼の肩にもたれかかった。

こんなに大きなダイヤ、家が買えてしまいそうだ。

もしかして、私、とんでもない人と結婚しようとしているんじゃないだろうか――

*

六本木の商業施設で夕食をすませた私たちは、ビルのあいだをそぞろ歩いていた。

今日は平日だけど、夕食時のためか人も多く、歩道は混雑している。私を守るようにして歩く了さんが、恋人繋（つな）ぎにした手を引き寄せた。

「今日は疲れただろう？」

「うん、ちょっとね」

精神的に、と心の中で付け加える。

指輪選びは思いのほか大変で、正直なところクタクタだ。顔には出さないけど、たぶん了さんも疲れてるだろう。私の指輪を選ぶのに一日じゅう付き合わせてしまったのだから。

あのあと、予約していたほかのお店でもリングを見せてもらった。その都度うっとりと夢の世界にいざなわれ、驚き、くらくらと目を回して。

結局、一番最初に入った銀座のお店で、初めに試着させてもらった指輪に決めたのだった。

センターのダイヤモンドは、試着したままの一・六五カラット。ただし、了さんの要望で、石のグレードは最高のものにしてもらうことになった。

私としては、この大きさでも想像していたよりずっと大きくて、今でも戸惑っている。もっと大きな石を見せられたお陰で、『初めに試着したサイズの石なら』と思ってしまったけれど——

あとになって気がついた。これはたぶん、了さんの作戦だったんだろうと。

人通りの多いエリアを抜けて、少し周りにゆとりができた。彼はぐいぐいと私の手を引っ張り、まるでどこかに連れていこうとしているかのようだ。

と、その彼が突然立ち止まったので、勢い余って背中にぶつかった。

「どうしたの？」

背の高い了さんの顔を見上げる。彼は通行人にぶつからないよう歩道の端に私を寄せ、耳元で囁いた。

「今夜、どこかに泊まっていかないか？」

「え……？　どこかって」

「たとえば、ラブホテルとか」

チラ、と彼が見上げた先には、それらしき建物があった。

随分新しそうだ。ぱっと見ラブホテルには見えないけれど、小さな金色の看板に『REST』『STAY』という文字と、それぞれに金額が書いてある。

彼の口からラブホテルという言葉が出てくるのは意外な気がした。了さんの場合、ちょっとそこまで、の感覚で目が飛び出るような料金のシティホテルに泊まりかねないから。

と、そこでふと、今朝車の運転を代わってもらったことを思い出した。

「……いいですよ。それで例の『借り』が返せるなら」

私が言うと、彼はニンマリと笑って喉仏を上下させた。

なんだかとっても嬉しそうなので、かわいいもんだな、と思ってしまう。こんなことで返せる借りなら、私はいくつでも作っていいんですよ、了さん。

『俺の本当の奥さんになってくれる？』

そう言ったときと同じように、彼はベッドの下に跪いていた。マットレスに腰かけ、後ろに手をついている私の脚を、まるで高級靴店のコンシェルジュみたいに、両手でそっと持ち上げる。

長い指先が足の甲をゆっくりと、焦らしながらたどった。彼の指は足首を通ってふくらはぎへと達し、そしてまた愛おしそうに足先を撫で、そこここに口づけを落として――

キスの合間に、彼はうっとりした様子で私を見上げる。

「こんなに誰かを愛しいと思ったのは初めてだ。でもまだ、愛したりない」

脚を開かれ、ちゅ、と膝の内側を軽く吸われた。私が小さく呻くと、それが引き金となったのか、優し気な彼の眼差しが急に欲望に濡れた目つきに変わる。

唇から赤い舌が覗いた。

膝下を愛でていたそれが、太腿のあいだをそろり、そろりと這い上がってくる。

唇はやがて、腿の内側の際どいところに触れた。柔らかい部分に頬ずりをしながら、するすると素肌を撫でさすっていく。

「んっ……」

くすぐったくて、思わず身じろぎする。

期待に気持ちが逸るあまり、とくん、と下肢のあいだの花びらが震え、蜜が下りた。

彼は両手で腿の内側を押し広げ、そこに舌先を這わせた。

「んんっ……は――」

電気の槍が全身を突き抜けた。じん、と灼けつくような甘い痺れに、身体が弓のように仰け反ってしまう。

内腿をくすぐる柔らかい髪。

濡れた粘膜を撫でる熱い息。

太腿を抱える二の腕は硬く引き締まっていて、抱かれたときの感触を思い出してしまった。

「よく濡れてる」

「やん、あんまり見ないで……あ、んんっ」

了さんは尖らせた舌で秘所の谷間を下から舐め上げては、私が恥ずかしくなるほどじっと見詰めてくる。

膝を閉じようとすると、力強い手がそれを強引にこじ開けた。そして、ガラスのように透きとおった目で、私の顔と、濡れそぼった場所を交互に見てくるのだ。何度抱かれても、裸を見られるのはやっぱり恥ずかしかった。彼が真面目な顔つきでいるから、余計に。

「了さん、てば」

思わず恨み事を言えば、濡れた場所に、ふっと息がかかった。

「君がそんな顔をしていると苛めたくなる。どうしてかな」

「もう……目隠し、しますよ……っ」

「目隠しプレイか。いいね、今度やってみよう」

「う……そうじゃなく、て……あん！」

私の内腿を手で押さえたまま、彼は指の腹を使ってそっと谷間を撫で始めた。

「あっ……ああ……っ」

湧き起こる喜びに、身体の奥に火がついたようになる。

触れるか触れないかといった程度の、とてもソフトな指づかい。夜露の絡んだ指先は、火照った蜜口を優しくくすぐり、その上の敏感な秘芯を鋭く攻めたてる。

顔を下に向けても、私からはその場所が見えなかった。見えないけれど、もし見えてしまったらと思うと恥ずかしくて、目を閉じる。けれど、いやらしい水音にその様子が手に取るようにわかってしまう。

やがて、くちゅ、と淫(みだ)らな音を立てて、指先が私の中に侵入してきた。男らしく筋張った長い指が、少しずつ、少しずつ、快楽の扉をこじ開けていく。

「すごい……もうずくずくだ」

鼻にかかるかすれ気味の声。

微かに目を開ければ、くっきりした二重瞼(ふたえまぶた)の中に淡い瞳が揺れている。

私の中をゆらゆらとうごめく指と相まって、すべてがとろけてしまいそうな陶酔(とうすい)感。

熱い洞が勝手に彼の指を締めつけ、逃がすまいとする。

とりわけお腹の前面を強くこすられると、気持ちよさともどかしさで何も考えられなくなってしまう。

「は……あんっ、了さん……。だめ、気持ち、よすぎる……」

「いいよ。いつでも。何度でもいかせるから」

彼は上目遣いに見ながら吐息まじりの声で言った。直後、すっかり敏感になった花芽に強い刺激が突き刺さる。

「あっ……！　ああんっ」

思いのほか大きな声が出てしまい、手で唇を覆った。身体の中と外とを同時に攻められて、あまりの快感に全身の産毛(うぶげ)が一斉に立ち上がる。

短い喘(あえ)ぎが迸(ほとばし)る。渦となってせり上がる快楽の波に、もう今にものまれそう。

「は……っ、あ、そんなにしちゃ……っ、あっあっ、ああ――」

深奥に息づいていたわだかまりが激しく膨らみ、瞬く間に弾け飛んだ。

一気に訪れる解放感。そして甘い戦慄。

痙攣しながら倒れ込みそうになる私の背中を、彼の逞しい腕が支えた。

そのまま包み込まれ、ベッドの上に優しく押し倒される。覆い被さる彼の眼差しには、欲望の炎が燃え盛っている。

「菜のか……君を愛してる」

「私も。了さんのこと愛してる。……来て」

両手をシーツに縫い止められて、気怠い身体はどこまでも沈んでいくよう。

肉厚の唇がちゅ、と私の唇を啄む。

濡れた前髪がぱさり、と額にかかる。

色素の薄い瞳は強い輝きを放っていて、昼間見たダイヤモンドを思い起こさせた。

――なんてセクシーなんだろう。

彫りの深い顔立ちは、どこか異国の王子様みたいだった。そんな人が私をこんなにも愛してくれているのが、未だに不思議でならない。

プロポーズの翌日から、私の毎朝の日課は目が覚めたら隣に手を伸ばすことになった。

指先に触れる、あたたかい肌。

夢じゃなかった——そのことを確認して、やっと朝が始まるのだ。

優しく攻め立てる唇が、横に滑り頬へと向かった。

耳をちょっとだけ齧って、耳たぶを食んで、裏側を舐める。

そのどれもがくすぐったくて、気持ちがよくて、口元には密やかな笑みが絶えない。

そのあいだずっと、秘密の入り口を熱く滾った杭がノックし続けているから、なおさら。

くちゅくちゅという湿った音は、次第に大きくなった。ややもすれば、するりと入ってしまいそうな駆け引きに、身体の奥がぐつぐつと煮えたぎる。

「んっ……焦らしちゃいや」

濡れて、くるりと巻いた彼の癖毛を指で弄る。

すると乳房の膨らみを舐りながら、彼は、ふふっ、と鼻息を当てた。

「楽しんでるんだよ。こうしている時間が長ければ長いほど、気持ちが昂るだろ？」

「了さんて、……んっ……エッチですよね」

「菜のかがかわいすぎるんだよ。君を見ているとやけにセクシーな気持ちになるし、子供みたいにいじわるしたくなる」

「エッチないじわる？」

「そう。よくわかってるね」

彼はにやりと微笑んで、片方の胸の頂を甘く噛んだ。ぴり、とした快感に、無意識のうちに腰が揺れてしまう。

続けざまに舌で転がされて、啄まれて、身体の奥のわだかまりが強くなった。もじもじと腰を捩る。反対側の先端まで指でつねられて、我慢できなくなってしまった。

「や、あ……あっだめぇ」

「俺が欲しい？」

そう囁いてくる彼自身、かなり荒々しい息遣いだ。腰は艶めかしくグラインドし、ふたりが接する部分は滴るほどの愛液で溢れている。

一度中で達している私は、隙間を埋めるものが欲しくてどうにかなりそうだった。喘ぎながら、こくこく、と激しく頷く。それなのに彼は、儚くきらめく瞳で見下ろしたまま、熱い杭の先でただくちくちと捏ね回すだけ。

「やあん……っ」

耐え切れず、自分から腰を揺らした。ふしだらと思われてもいい。ベッドの上では人間も獣と同じだ。

彼の頬も上気していた。額に玉の汗を浮かべて、膨れ上がった欲望をなんとかして抑えようとしているみたい。

「おねだりしてごらん」

「えっ……」

　どきん、と胸の鼓動が速まった。了さんは自分の指先をちゅ、と舐め、その指で私の唇の稜線をするするとなぞる。

「何が欲しい？」

　とろりとした眼差し。

　唇の隙間から舌が覗き、肉感的なそれを妖艶に舐めた。

　私の唇を撫でていた指先が、歯列を割って中に侵入してくる。それを舌で絡め取れば、ああ、と彼は深いため息を洩らした。

「んっ……了さんが……欲しい。あ……あなたの、熱いの、ください」

「……よく言った」

　彼の目がぎらりと光った。覆い被さってきて、息ができないくらいに激しく唇を押しつけてくる。

　もう探るようなキスはしない。愛欲を満たすだけの、エロティックで深い大人の口づけ。

　肉づきのいい、柔らかな唇が私の唇を貪った。擦るように強く押しつけ、舌を吸い、唾液を絡め取る。歯列の一切を舐め尽くしながら、彼は頭のあたりをがさがさとまさぐっている。

一旦唇を離した彼は、避妊具のパッケージを歯で破り、急いでそれを装着した。

プロポーズされた日の夜は、気持ちが逸るあまりそのまましてしまったけれど、今は状況が違う。

彼は今、私にウェディングドレスを着せたくて仕方がないのだ。だから、どんなに切羽詰まっていても、避妊することを忘れない。

そうやって彼が気遣ってくれることが、私にはとても嬉しかった。ドレスのことだけじゃなく、彼とふたりきりでやりたいことが、まだまだたくさんあるのだ。

「もう限界」

そう呟いた直後、熱く膨張した洞に張り詰めた先端が捻じ込まれた。

思わず息が止まる。

本当に極限まで我慢していたのか、圧倒的な存在感は灼けた鋼鉄のよう。それでも、たっぷりと濡れている蜜口は、するすると彼をのみ込んでいき——

最奥の壁にぶつかった瞬間、ふたりの口から同時にため息が洩れた。

「ああ……最高だ」

「ほんと、最高……」

おでこをくっつけて、くすくすとふたりで笑い合う。

隙間なくみっちりと満たされたフィット感に、私の心は早くも安らぎを感じている。

恋から愛に変わった安心感はとても大きい。

夫婦とは、心と身体、すべてが繋がってこそだろう。今、その絆がここにある。

私を見詰めたまま、彼はゆっくりと動き出した。

限界まで我慢していた割に、とても紳士的な態度だ。

ちょっといたずら好きなところもあるけれど、了さんは私が嫌がることや痛いことは絶対にしない。気持ちいいポイントはその日によって違うから、いつもそれを探りながら私を引き上げてくれる。

熱い肉杭は的確に、私が敏感に感じるところを突いてきた。そこだけを小刻みに、あるいは入り口から奥までを一気に貫く。

「すごいよ、中からどんどん溢れてくる。聞こえる？　この音」

腰をグラインドさせて、中を大きく捏ね回しながら彼が言う。ふたりが交わる部分からは、恥ずかしくなるくらいの水音が高らかに響いている。

「うん……すごくエッチな音……あ、んん……」

「こんなに濡らして、かわいいな」

そう言って彼は、私の唇をぺろりと舐めた。律動しながら何度もキスをし、唇はそのまま首筋へと下り――

「ああっ……！　あん……っ」

ちゅ、と乳房の中心を啄まれて、大きく仰け反った。

「了、さ……あ、あっ」

もう声にならない。

乳首を転がされながら、最奥を小刻みに、執拗に突かれる。

身体の奥から快感が一気にせり上がり、私は瞬く間に上り詰めた。

「も、もうだめ、了さん……！」

懇願しても、背中に爪を立てても、彼は動くことをやめない。

膨れ上がり、狭くなった隘路を押し広げるようにして、他に私が感じるポイントはないかと探ってくる。

そんな風に丁寧に攻められることが嬉しくて、つい彼の熱い滾りをきつく抱きしめてしまう。そのせいで、彼がどんなに切ない呻きを洩らしても、緩めることなんてできない。

「締めすぎ……長く楽しみたいから抑えて」

「む、無理っ……そんなの、無理……っ」

「頼むよ」

リズミカルに律動しながら、吐息まじりに彼は言った。

汗ばんだ額に前髪が垂れ下がっている。困ったようにぎゅっと寄った眉もとても色っぽくて、いちいちきゅんとなる。

彼はゆっくりと腰を回しながら私の脚を持ち上げ、ぐるりと反転させた。四つん這いになった私の腰を掴んでお尻を高く上げ、そして、入り口近くまで引き抜いたもので、ずん、と奥まで一気に突く。

「ああっ……！」

ものすごい衝撃だった。どこが感じるとか、気持ちがいいとか、そういう問題じゃない。

入り口から奥までを襲う、獰猛なまでの強い快感。

内側の粘膜すべてが、女の身体で一番敏感に感じる部分に作り替えられてしまったみたい。

彼の手が前に回され、硬く尖った花芽に触れる。その瞬間、雷に打たれたみたいになった。

「あっ、あああっ、そこはだめえっ」

強烈な刺激に頭がパニックになる。

のの字を描いて、くりくりと花芽は転がされる。まるでそこだけ神経が剥き出しになったように、直線的な快感が身体の全神経をいたぶり尽くす。

じくじくと灼けつくような痺れ。

太腿が震え、腕の力が抜ける。

シーツに突っ伏した私の腰を、倒れてしまわないよう彼が支えた。

私の腰を高く持ち上げ、音がするほどに激しく打ちつける。加えて、蕾（つぼみ）を苛（さいな）み続ける尖った刺激。

もう何も考えられなかった。

息をするのも精いっぱい。

一瞬寒気が襲ったあと、全身を熱い血が巡り、また階段を駆け上がった。

「ああっ、あ……あ……！　も……だめ、死んじゃううっ……」

ひくひくと痙攣（けいれん）する手でシーツを握りしめる。

彼も汗だくになっているらしく、背中をぱたぱたと雫（しずく）が叩く。

「ああ、俺もさっきからずっとやばい……でも、まだ、やめたく……ないっ」

私の中で、はち切れそうになった彼自身が大きくグラインドしていた。ぐちゅ、と濡れた音がするたび、膨れ上がった蜜洞が無意識に彼を締めつける。

もう何度も達しているのに、灯（とも）ったきりの赤い炎は消えていかなかった。それを手繰（たぐ）り寄せようと、腰を引く彼自身を追いかけて深くのみ込んだ。

「やあ、んっ、お願い……っ」

「悪い子だ……っ」

了さんは私の腰を掴んで一気に攻め立てた。

きつく締まった隘路の中で、熱い鉄杭がぐん、と逞しさを増す。

擦れ合う場所が、どろどろに融け合うマグマのようだ。

すぐそこに明かりが見える。昏い夜の洞窟に差し込む、ひと筋の光。

「あ、ああ……！　いっちゃう……！　いくぅ……っ」

「……くっ、菜のか……ッ」

最後は激しく何度も貫かれ、ふたり一緒に弾けた。

どくん、どくん、と腫れあがった内部で彼が何度も脈を打つ。背中に圧しかかる重み、熱い息。じっとりと汗ばんだ肌の匂い。

繋がったまま、彼は私の両手を掴んで握りしめた。

心地よい重みに、春の嵐が去った後の陽だまりのような幸せを感じていた。私を包み込めるほどの大きな身体。それが急速に冷えていく私の素肌を、ほっこりと包んでいた。

*

ちゅ、ちゅ、と素肌に口づけを落とされて目が覚めた。瞼を開けると、途端に飛び込んでくる明るい光。彼の指が私の髪を優しく梳いている。

「おはよう。お姫様」

「おはよう。珍しく早いのね、王子様」

寝ぼけ眼の私の頭を、了さんがかき抱いた。厚みのある胸板に鼻先が触れる。彼自身の匂いと、ほんのりと石鹸の匂い。肌はしっとりと濡れている。

「シャワーを浴びたの？」

「とりあえずね。君が起きたら一緒に入ろうと思って、ジェットバスを用意しておいた」

「本当？」

まだ半回転だった頭が、音を立てて動き出す。

ふたりで泊まったこの部屋には、水の中からライトアップされた雰囲気たっぷりの露天風呂がある。昨日は軽くシャワーを浴びただけだったから、一緒に入ったらさぞかし楽しいだろうな、と思っていたのだ。

彼に手を引かれて、ベッドに起き上がった。ふと、昨日の熱い夜が脳裏をよぎり、顔がニヤついてしまう。

「何考えてる？」

腕の中で見上げると、了さんが訝しげな表情を浮かべていた。

快楽に歪む端整な顔。欲望にまみれた吐息。私の名を呼ぶ声に滲む、深い情愛——

見咎められたところで、次々と脳内に浮かぶ記憶を追いやることができない。

「ん？　何も」

「エロいことだろう」

「さあ、どうでしょう。きゃっ——」

明後日(あさって)の方向を向くと、突然彼にお姫様抱っこされた。そのままジェットバスに連行され、ぶくぶくと泡立つ浴槽の中に優しく落とされる。

私の身体は了さんの膝の上。逃れようともがいても、放してもらえない。

「私もジェットに当たりたいのに」

「だめ。菜のかの席は俺の上って決まってるんだよ」

「ひゃっ」

胸の突起を弄(いじ)られて、声が出た。

「あん、いじわる……っ」

「いじわるじゃない。いたずらだ」

彼が私の身体を反転させて、子供みたいな顔で見詰めてくる。お互い向き合う形になり、彼の目にきらきらと光が踊っているのが見えた。

「ねえ、何か当たってる」

彼の太腿の上でもじもじとお尻をくねらせると、彼はとびきりセクシーに微笑んだ。

そして、お尻の下にある硬いもので、ぐん、と突き上げてくる。

「君が欲しい」

「えっ、もう……!?」

「うん。いつだって君が欲しいんだ」

くすくすと楽しそうに笑いながら、彼は私の唇を優しく啄(ついば)んだ。

滑(なめ)らかなお湯の中、徐々に深くなっていく口づけに、気づけば身も心もほだされる私だった。

書き下ろし番外編

ゆりかごはとめどない愛に包まれて

二月。暦の上ではもう春である。

ひと雨ごとに暖かい日も増え、新しい季節の到来を今か今かと待ちわびるようになったある日のこと――

私は了さんと一緒に、先週完成したばかりの〈星見硝子東京工房＆アカデミー〉を訪れていた。来月に控えた竣工式を盛り上げるイベントを一緒に考えようという話になり、下見にやってきたのだ。

建物正面はまだ外構工事が残っているため、裏側にあたる搬入口に車を停めた。

『まずは正面から見てほしい』という彼に手を引かれ、目をつぶったまま歩く。

「さ、着いた。もう目を開けていいよ」

彼の声にゆっくりと瞼を開ける。すると、博物館にも引けを取らないくらいに大きく、洗練された外観の建物が目の前にそびえていた。

「うわあ、すごい……！　立派な建物だあ……」

両手で口を押さえ、朝日を燦燦と浴びて輝く建物を下から見上げる。

エントランスホールは全面ガラス張りで、ところどころに青やグレーの切子のガラスがはめ込まれていた。そのおかげで、ホールには明るい日差しが降り注ぎ、床に色とりどりの切子模様が映し出されている。

「今回ばかりは採算度外視で趣向を凝らしたからね。エントランスの左が工房、右がミュージアム。さっき車を停めたのは工房の裏で、学校の入り口になってる」

と、了さんが誇らしげに胸を張る。

「素敵……何度もパースや設計図を見せてもらったのに、こうして実物を見るとまたイメージが違いますね……！」

この施設の話を最初に聞いたのは、彼に京都の実家へ連れていかれて、とんぼ返りする途中の新幹線の中だった。

あの時はもう彼とは会えなくなるのだと思い込んで、やけに感傷的になっていたっけ。ところが、思いもかけずに情熱的なプロポーズをされて……

あれから早くも二年が経つ。懐かしいなあ……

比翼になった建物の左へ歩いていくと、大きな一枚ガラスの内側に、京都の工房で見た機械がたくさん並んでいた。まだ搬入の途中らしく、工事業者と思われる人たちが忙しそうに動いている。

「工房の見習いにはもう何人か応募がきているみたいなんだ。でも教えられる人の数が足りなくてね。来週には生徒の募集もかけたいから急いで確保しないと」

ため息まじりに言うものの、了さんは嬉しそうだ。後継者不足で切子工房が次々と畳まれていく今、新しい人材を育てるのが急務なのだと、彼は口癖のように言っている。

このアカデミーでは、切子づくりだけでなく、いろいろなガラス工芸や最先端の技術やデザインも学べるらしい。

当面赤字経営なのは仕方がない。けれど、黒字になるのを必ずしも望んでいない。彼にとって、父が遺した日本の伝統工芸を守るのは、それほど大切なことなのだ。

手を繋いでエントランスへ向かいながら、了さんが口を開く。

「昨日博物館に什器を入れ終わって、早速明日から展示品を搬入するんだ」

「お父さんの作品も持ってくるんでしょう？」

「もちろん。それから、最近コンテストで受賞した若手や、海外の作家の作品も展示する。グラスだけでなく、アクセサリーや置物もね」

「アクセサリーや置物？　うわあ……見たい見たい！」

生き生きとした表情で語る彼を見て、自分まで気持ちが昂ってしまう。

このきらきらした瞳に、私は今でも惹かれている。

あの時とそっくり同じ。京都の工房に初めて連れていかれたとき、お父さんの作品を手に同じ顔をしていた了さん。こんなとき、いつも穏やかで飄々とした彼の、内に秘めた情熱を感じるのだ。

入り口の自動ドアを手で開けると、段ボール箱を持って通りかかった女性が、こちらに気づいた。あーっ、と同時に声を上げる。通りかかったのは美奈ちゃんだ。

「きゃーっ！　菜のかさん、お久しぶりです～！」

「美奈ちゃん！　元気にしてた？」

巻き髪を振り乱しつつ駆け寄ってきた美奈ちゃんと、感動の再会！　とばかりに抱き合う。彼女に会うのはおよそ半年ぶりだ。披露宴にはもちろん、自宅にも遊びに来てくれたけれど、その後私は近所のお付き合い、美奈ちゃんは仕事が忙しくなり、お互い都合が合わずにいたのだ。

彼女がこのところ忙しかった理由は、このアカデミーの事務室長兼受付に就任したからである。求人するにあたって、明るくて人当たりのいい彼女に任せてみたいと言ったのは、ほかならぬ了さんだ。

声をかけてみたところ、美奈ちゃんは快諾してくれた。サンジェクスのほうは相変わらず中惣さんを社長として、有能な派遣秘書、派遣の事務員さんとでしっかり切り盛りしてもらっている。現在は、よりセレブ向きの家事代行サービス会社へとスタイルを変え、すっかり業績も持ち直した。

「あっ、星見さんも！　今日は見回りお疲れ様です」

やっと彼の存在に気づいたらしい美奈ちゃんが、私から離れて敬礼した。

「俺は付け足しか」

苦笑いを浮かべる了さんの肩を、私はぽんぽんと叩く。

「まあまあ、そう気を落とさないで。だって、私と美奈ちゃんの仲だもん。ねー」

「そうですよ。星見さんよりも長い付き合いなんですから。ねー」

同意する美奈ちゃんに向けて、了さんが唇を曲げる。

「まあいいけどさ。じゃ、今日は予行練習ということで、澤田さんにミュージアムの案内を頼もうかな」

彼に言われた途端、彼女は頭に手を当てて苦しげに呻いた。

「あーっ、大変！　急ぎの仕事思い出しちゃった。ごめんなさい！　今日はこれで失礼しますので。じゃ、菜のかさん、ごゆっくり～」

手を振りながら去っていく彼女を目で追い、了さんは唖然とした顔で唸った。

「相変わらずキャラが濃いなあ」

「あれが彼女のいいところだから。きっとふたりでゆっくり見てくださいってことでしょう。さ、了さん、行こ！」

事務所の脇を通り抜け、化粧室やショップに使われるスペースを通過すると、そこがミュージアムだ。

ドアは開け放たれていた。燦燦と日差しの降り注ぐ、白を基調とした広大なホール。すでに設置がすんでいるショーケースにもよく日が当たり、それが計算されて置かれたものだということがわかる。

「随分広いんですね。天井も……うわ、高い！」

首が痛くなるほど見上げると、天井がものすごく遠い。まるで吹き抜けだ。

「ビルに換算すると三階建てくらいの高さがある。全部ぶち抜くと空調代がかかるけど、どうしてもこだわりたくてね。昼間はまだいいけど、問題は夜だな。どれくらい冷えるか……」

「夜？」

ああ、と了さんが頷く。

「仕事帰りに覗きたいという人もいるだろうから、夜九時まで開館するよ。だから照明がほら、すぐ近くにあるだろう？」

彼が指さした先には、平行に並んだ白いシャフトに、いくつもの電球がぶら下がっている。それぞれがショーケースの中をまんべんなく照らせるように、自由に角度を変えることができるようだ。

「本当だ！　近すぎて目に入らなかった。これで照らされたら……ああ、すごくきれいだろうなあ」

想像しただけで、ほうとため息が出る。

一流の職人の手による繊細な模様が織りなす、温かな輝き。夜空に浮かび上がる満天の星のような、子供の頃の懐かしい思い出のような……。ひとりで、あるいは恋人と。見る人にそんな素敵な気持ちに浸ってもらえたら嬉しい。

後ろからふわりと抱きしめられて、首を上に向ける。黒ぶちメガネの奥の淡い瞳が優しく瞬いた。

「搬入が終わったらもう一度見に来よう。最初に君に見せたい」

「うん。嬉しい……」

応じた直後に、そっと唇を奪われた。名実ともに星見菜のかとなって一年が過ぎても、彼とのキスで感じるときめきはあの日のままだ。優しく、愛撫するかのように唇を吸われると、夢心地になってしまう。

かたん、と何かが床に落ちる音がした。ふたりして、ぱっとそちらへ振り向けば、ミュージアムの入り口に美奈ちゃんが立っている。

「きゃーっ！　見ちゃった〜！」

ばたばたと駆けていく後ろ姿を見送ったあと、私と了さんは顔を見合わせて噴き出したのだった。

その日の夕食は、前々から予約していたレストランで豪華なディナー。

……のはずだったのだけれど。

冷え込みの強まった午後七時。私はリビングのソファで毛布に包まってしょんぼりしている。できたばかりの工房ではしゃいだせいなのか、夕方頃からすっかり疲れきってしまい、自宅にとんぼ返りしてからずっとこうなのだ。

お腹が空いてないわけじゃなかった。だけど、胃のあたりがムカムカしてやけに眠い。思い返せば、朝からうっすらと頭が痛かったし、身体も重かった。最初は風邪かと思ったけど、少し様子が違う。

「具合はどう？」

隣にやってきた了さんが、ガラステーブルの上にマグカップを置いてくれた。ため息を吐き、毛布から目元だけ出して彼を見る。

「ありがとう。ちょっと落ち着いたみたい。……ごめんね。あのレストランに行くの、ずっと楽しみにしてたのに」

「何言ってるんだよ。レストランなんかより、菜のかの身体のほうが大事だろう？」

了さんが心配そうに眉を寄せて、頭をそっと撫でてくれる。

「えへへ……ありがと」

彼はうーん、と唸って、おもむろにスマホを取り出した。

「やっぱり顔色がよくないな。知り合いにいい医者がいるんだ。今から診(み)てもらえるか聞いてみるよ」

とスマホの画面をタップし始めたので、慌てて止めた。

「ちょっと待って」

「なんで」

彼は不満そうにこちらに顔を向けつつも、アドレス帳をスクロールする指を止めない。

「本当に待って。お願い！　たぶん病気じゃないから。もしかして……妊娠してるかもしれないから」

「え……？」

了さんの手がぴたりと止まった。それと同時に、零れんばかりに目を丸くしてじっと見詰めてくるので、妙に恥ずかしくなる。

「本当に？　嘘だろ……本当に？」

「あの……生理が遅れてて……」

ひゅっと彼が息をのむ音が聞こえた。

「やった……俺たちの子供が……夢じゃないよな？」

了さんの顔が見る見るうちに喜びに彩(いろど)られていく。唇をぶるぶると震わせ、込み上げるもので瞳を潤(うる)ませて。

待って。期待させておいて、もしもそうじゃなかったらどうしよう……！

「ま、まだちゃんと調べたわけじゃ——あっ」

慌てて落ち着かせようとしたところ、突然強く抱きしめられた。

「そうか、妊娠したのか……。よかった。確かに気にはなってたんだ」

大きな手に優しくさすられた背中が、じんわりと温かくなる。その心地よさに身も心も解(ほど)けた私は、がっしりした彼の肩に頭をもたせかけた。

「気づいてたのね。男の人って、そういうのに疎(うと)いものだと思ってました」

「普通気にするだろう？　最近は夜の付き合いがいいなと思ってたんだ」

「……えっ？」

思わず身体を離して彼を見ると、蠱惑(こわく)的な表情がこちらを見ている。

これは、彼が私をベッドに誘うときの顔だ。

確かに、生理がないのをいいことに、この一か月あまりのあいだは誘いを拒んだことがなかった。まさか気づかれていたなんて……

途端に居たたまれなくなり、首から上にカッと血が上(のぼ)る。

「もう……そういうのだめ」

厚い胸を、ばん、と叩く。了さんが楽しそうに身体を揺らした。

「なんで」

「だめったらだめなの」

「すっかり顔色がよくなったな」

「いじわる！」

彼がいつまでも笑っているので、しまいにはそれが私に伝染した。もう、エッチなことばっかり考えてるんだから！

「両方とも線が出てる。本当に赤ちゃんができたんだな」

私を後ろから包み込むようにしてラグの上に座った了さんが、妊娠検査薬のスティックを眺めながら感慨深げに呟く。

あれからすぐに、彼がドラッグストアまで走って、妊娠検査薬を——しかも十本も！——買ってきたのだ。予想通り結果は陽性。今年また寒くなる頃には自分のお腹から出てきた赤ちゃんを抱いているなんて、とても信じられない。

「この中にいるんだなあ。嘘みたいだ」

了さんがお腹をゆっくりと撫でながら、耳元で囁く。時々子供っぽいところも見せるけど、彼だってこれからお父さんになるのだ。本当に優しくて、怒った顔なんてめったに見せない彼だから、きっといい父親になるだろう。

「んっ」

彼が身じろぎして、腰に硬いものが当たった。どうやら、お父さんにはまだ早いらしい。

「ごめん、条件反射で……」

彼が気まずそうに言うので、おかしくなってしまった。私はくすくすと笑いながら、彼の胸元に頭をこすりつける。

「ねえ、お腹が大きくなっても私を女として見てくれる？」

は？　とびっくりしたような声。

「そんなの当たり前だろう？　お母さんになっても菜のかは菜のかだ。それに、君が同じ考えなら子供は何人でもほしい」

「うん……私もたくさんほしい」

嬉しくなって、了さんの顔に頬ずりする。

……よかった。道行く子連れのパパをすれ違いざまに目で追っているのを見ていたから、子供は好きそうだと思っていたのだ。それに、誰だって自分の子供はかわいいに決まっている。

軽く触れるだけのキスをよこしてから、彼はため息を吐いた。

「でも、ちょっと寂しい気もするな。これまでは俺が君を独り占めできたけど、これからはそうもいかなくなりそうだ」

「おや？　赤ちゃんにやきもちですか？　まだ産まれてもいないのに」

　からかうように下から覗き込むと、了さんが肩をすくめた。

「産まれたばかりは、どうしたって母親との繋がりのほうが強いだろう？　もしも女の子だったら、いずれは『菜のかと娘』対『俺』みたいな構図になりそうだし。ああ、寂しいなあ」

「そんなことないもん！　ちゃんと了さんも大事にする。私の子じゃなくて、ふたりの子なんだから！」

　と、むきになって抗議する。彼は「冗談だよ」と笑い転げ、それから私の頭を優しく撫でた。

「とはいえ、赤ちゃんを産むのは君だからいろいろと不安だよな。俺にできることはなんでもするから、頼ってくれ」

「ありがとう。本音を言うと不安で堪らないの。初めての大仕事だし、それに——あっ、なんでもない」

　ここ数日悶々と考えていたことがつい口をついて出そうになってしまい、慌てて撤回する。

　当面気になっているのは、私のことでも赤ちゃんのことでもなく、了さんのことだ。

精力旺盛な彼のこと、妊娠中に浮気したくなるんじゃないかと気がかりでならないのだ。ちょっと暗い気持ちになって押し黙っていると、頬をふにっと両手で挟まれた。

「今、菜のかが何考えてるかわかるよ。当ててみようか？」

完全に面白がってる顔だ。眼鏡の奥のいじわるな瞳を睨みつける。

「当てなくていい」

「いいから聞けって」

「いいってば」

押し問答の末、にやにや笑いを顔に貼りつけた了さんが耳打ちしてきた。途端に、カーッと頬に熱が集まる。

「なんでわかっちゃったの……」

「君を愛してるからだよ。もしかしてずっと悩んでたの？　俺が浮気するとでも思った？」

くすくすと笑いながら抱きすくめてくる腕から逃れ、私は両手で顔を覆った。こんなことで悩んでいたと知られたなんて、恥ずかしくて堪らない。……でもでも！　これは夫婦の大事な問題なの！

ちゅ、と耳にキスが落とされた。ゆっくりと手を下ろすと、ガラスみたいに透き通った瞳が、目の前で優しく揺れている。

「浮気なんて絶対にしないから安心しろよ。一生大事にするって言っただろう?」

「うん……私も子供が産まれても了さんが一番だから」

本当は、その言葉を彼がいつくれたのかは覚えていない。毎日のように囁(ささや)かれる甘い言葉の洪水が、もはや私の身体の一部になっている気がするからだ。

まだ膨らんでもいないお腹に当てられた彼の両手を、強く握って振り返る。

「了さん。私、頑張って元気な子を産むね。一緒にいい親になろう?」

彼が深く頷く。

「君の夫として、子を持つ父親として、俺もしっかりと家族を支えていくから」

了さんはそう言って、あたたかな光を宿した瞳で、私を、私たち母子を見詰めた。

出産は確かに大仕事だけど、彼と一緒ならきっと乗り越えられる。そっと抱きしめてきた頼りがいのある大きな腕に包まれて、私は幸せな未来を確信した。

「営業部の女神」と呼ばれ、周囲に一目置かれている麗華（れいか）が長年恋しているのは、仕事のできるかっこいい営業部長・桜井（さくらい）。バリキャリの見た目に反して奥手な麗華は、彼としゃべるたびに顔を赤くしてしまう。なかなか彼との距離が縮まらずもやもやしていたある日、ひょんなお誘いがあり、麗華は彼と食事へ行くことに。そこから、徐々に上司と部下の関係に変化が……!?

B6判　定価：本体640円＋税　ISBN 978-4-434-28379-6

エタニティ文庫

完璧女子の不器用な恋

エタニティ文庫・赤

女神様も恋をする

春日部こみと　　装丁イラスト／小路龍流

文庫本／定価：本体 640 円＋税

優れた能力と容姿を兼ね揃えていることから「営業部の女神」と呼ばれている麗華。けれども、見た目に反して奥手な彼女は、恋する上司・桜井にはうまくアプローチできずにいる。そんなある日、不意なお誘いで彼と食事へ行くことに。その夜から二人の関係が変わっていって……!?

※エタニティブックスは大人の女性のための恋愛小説レーベルです。ロゴマークの色で性描写の有無を判断することができます（赤・一定以上の性描写あり、ロゼ・性描写あり、白・性描写なし）。

詳しくは公式サイトにてご確認ください。
https://eternity.alphapolis.co.jp

携帯サイトはこちらから！

恋愛小説「エタニティブックス」の人気作を漫画化!

EC Eternity COMICS

過保護な警視の溺愛ターゲット

漫画 ちゃわん Chawan
原作 桧垣森輪 Moriwa Higaki

エリート警視で年上の幼馴染・総一郎(そういちろう)から過保護なまでに守られてきた初海(はつみ)。いい加減独り立ちしたい初海はついに一人暮らしを始めるけれど、彼にはあっさりばれてしまう。しかも総一郎は隣の部屋に引っ越しまでしてきて——!?「絶対に目を離さない」と宣言されうろたえる初海に「大人になったならもう、容赦はしない」と総一郎は今まで見せたことのない顔で甘く迫ってきて——?

B6判　定価：本体640円＋税　ISBN 978-4-434-28226-3

本書は、2017年11月当社より単行本として刊行されたものに、書き下ろしを加えて文庫化したものです。


この作品に対する皆様のご意見・ご感想をお待ちしております。

おハガキ・お手紙は以下の宛先にお送りください。

【宛先】

〒150-6008 東京都渋谷区恵比寿4-20-3 恵比寿ｶﾞｰﾃﾞﾝﾌﾟﾚｲｽﾀﾜｰ 8F
（株）アルファポリス　書籍感想係

メールフォームでのご意見・ご感想は右のＱＲコードから、
あるいは以下のワードで検索をかけてください。

アルファポリス　書籍の感想

ご感想はこちらから

エタニティ文庫

ご主人様（しゅじんさま）の指先（ゆびさき）はいつも甘（あま）い蜜（みつ）で濡（ぬ）れている

ととりとわ

2021年2月15日初版発行

文庫編集－熊澤菜々子・塙綾子
発行者－梶本雄介
発行所－株式会社アルファポリス
〒150-6008 東京都渋谷区恵比寿4-20-3 恵比寿ｶﾞｰﾃﾞﾝﾌﾟﾚｲｽﾀﾜｰ8F
TEL 03-6277-1601（営業）　03-6277-1602（編集）
URL https://www.alphapolis.co.jp/
発売元－株式会社星雲社（共同出版社・流通責任出版社）
〒112-0005 東京都文京区水道1-3-30
TEL 03-3868-3275
装丁イラスト－青井みと
装丁デザイン－ansyyqdesign
印刷－株式会社暁印刷

価格はカバーに表示されてあります。

落丁乱丁の場合はアルファポリスまでご連絡ください。

送料は小社負担でお取り替えします。


ISBN978-4-434-28501-1 C0193